**Catalogage avant publication de Bibliothèque et
Archives nationales du Québec et Bibliothèque et Archives Canada**
Bourgault, Catherine, 1981-
OMG!
Sommaire : t. 2. Écris-moi encore s.v.p.!
Pour les jeunes.
ISBN 978-2-89585-651-1 (vol. 2)
I. Bourgault, Catherine, 1981- . Écris-moi encore s.v.p.! II. Titre.
PS8603.O946O43 2015   jC843'.6   C2015-941131-9
PS9603.O946O43 2015

Les Éditeurs réunis bénéficient du soutien financier de la SODEC
et du Programme de crédit d'impôt du gouvernement du Québec.

Nous remercions le Conseil des Arts du Canada
de l'aide accordée à notre programme de publication.

Financé par le gouvernement du Canada
Funded by the Government of Canada

*Édition :*
LES ÉDITEURS RÉUNIS
www.lesediteursreunis.com

*Distribution au Canada :*
PROLOGUE
www.prologue.ca

*Distribution en Europe :*
DNM
www.librairieduquebec.fr

 *Suivez Les Éditeurs réunis sur Facebook.*

Imprimé au Québec (Canada)

Dépôt légal : 2015
Bibliothèque et Archives nationales du Québec
Bibliothèque nationale du Canada
Bibliothèque nationale de France

CATHERINE BOURGAULT

2. « Écris-moi encore s.v.p. ! »

LES ÉDITEURS RÉUNIS

# De la même auteure

## Romans jeunesse :

*OMG! – tome 1. «Écris-moi si tu peux!», août 2015.*

*Le Club des Girls – tome 1. Un bal vraiment pas rêvé!, avril 2014.*

*Le Club des Girls – tome 2. Ennemies jurées!, octobre 2014.*

*Le Club des Girls – tome 3. Un week-end en ville, janvier 2015.*

*Le Club des Girls – tome 4. Un été sur la coche!, juin 2015.*

## Autres titres de Catherine Bourgault :

*Es-tu au régime? Moi non plus!, septembre 2015.*

*Comment arranger son homme, mars 2015.*

*Sortie de filles – tome 1. Parce que tout peut changer en une soirée…, octobre 2013.*

*Sortie de filles – tome 2. L'enterrement de vie de jeune fille, mars 2014.*

*Sortie de filles – tome 3. La fin de semaine de camping, août 2014.*

*Blanc maculé d'une ombre – tome 1, mars 2012.*

*Blanc maculé d'une ombre – tome 2, novembre 2012.*

*Blanc maculé d'une ombre – tome 3, septembre 2013.*

 Catherine Bourgault – Auteure

 cath_bourgault

*Aux filles branchées !*

# Prologue

Aujourd'hui, j'ai recommencé à patiner après plus d'une semaine sans avoir mis les pieds à l'aréna. J'étais rouillée. Mon genou est encore un peu raide et, à moins d'un miracle, je ne pourrai probablement pas participer à la compétition à Terrebonne dans deux semaines. Ma mère sera dans tous ses états ! L'an dernier, j'avais gagné l'or…

J'ai la mine basse. Je rentre chez moi en faisant plusieurs détours. Je refuse de passer devant la maison de Jacob Cloutier. *Le fameux 432, rue des Coteaux.* J'évite ce garçon depuis que j'ai appris qu'il est Sandman et que l'iPod que j'ai reçu à mon anniversaire lui appartenait. Je sais bien que c'est une question de temps avant que je le revoie ; après tout, nous fréquentons assidûment tous les deux le même aréna. Miro, le gérant de l'endroit, m'a dit que Jacob s'inquiétait à mon sujet. La semaine dernière, je l'ai carrément planté là à la fête chez Jo ! Je me demande si son amie de France est chez lui. Il était prévu que Céleste vienne passer des vacances au Québec.

Par la fenêtre, je vois mon frère qui balaie le salon. Euh… Depuis quand Sam fait-il le ménage ? Il est arrivé quelque chose de grave !

Je monte l'escalier rapidement et entre en coup de vent dans la maison. Je ne prends pas la peine d'enlever mes bottes avant de foncer au salon.

— Raconte-moi tout, Sam. C'est quoi, le drame ?

Mon frère grogne :

— Hé! retourne sur le tapis, je viens de nettoyer! On attend de la visite…

Le détecteur de fumée se met à hurler. *Bon, maman a encore fait brûler quelque chose!* Julie grimpe sur une chaise pour retirer la pile de l'avertisseur. Ça pue le sucre qui a collé. La cuisine est un vrai bordel. L'appareil finit par se taire.

— Enlève vite ton manteau et tes bottes, Iris! lance ma mère. J'ai besoin d'aide.

— On attend qui?

— J'ai invité un ami à souper!

Énervée, ma mère se remet à la préparation du dessert. J'ai l'impression qu'elle essaie de faire un pouding chômeur…

— Il va venir avec son fils, ajoute-t-elle, les deux mains dans la farine.

— Ah bon!

J'avale ma salive. Depuis notre naissance, à Sam et à moi, ma mère s'occupe de nous et travaille. C'est tout. Elle n'invite personne à la maison. Je ne l'ai jamais vue avec un copain.

— Tu vas voir, Étienne est très gentil. Il est dentiste!

*Elle a bien dit «Étienne»?* J'ai soudain très chaud à la nuque.

— Euh… Est-ce qu'il s'agit d'Étienne Cloutier? soufflé-je.

— Exact! Son fils joue au hockey. Tu le croises peut-être à l'aréna. Il s'appelle…

— Jacob!

# 1

## Catastrophe

Sous le choc, je reste immobile au centre de la cuisine, incapable de réagir. Ai-je bien entendu : Jacob viendra souper à la maison avec son père ? Impossible ! La vie ne peut pas me faire ça ! Je cligne des yeux plusieurs fois, en espérant que tout ça ne soit qu'un mirage. L'odeur de sirop d'érable brûlé, les chaudrons sales empilés sur le comptoir, la farine par terre… Ma mère crée beaucoup de désordre lorsqu'elle cuisine ! Soudain, les paroles de mon frère qui rage contre le balai me parviennent en sourdine, et j'entends aussi le bruit des casseroles. Je suis sûrement dans un mauvais rêve. Je me réveillerai en boule dans mon lit, emmitouflée sous les couvertures.

Sam me pousse l'épaule avec le manche à balai. Ouille !

— Ne reste pas plantée là ; aide-nous ! m'ordonne-t-il.

Je frotte mon épaule pendant que maman échappe un juron. C'est rare que ça lui arrive !

— Je me suis blessée avec la râpe à fromage…, grogne-t-elle en passant son doigt sous l'eau froide.

Personne ne s'informe de mon entraînement ? Maman veut toujours savoir si mon axel s'améliore, si j'effectue la toupie plus rapidement, si j'arrive à exécuter tous les mouvements en synchronisation avec la musique… Elle prend cela tellement à cœur qu'habituellement elle m'assaille de questions. La situation est donc vraiment grave, car elle ne pense même pas à me demander si mon genou va mieux. Pourtant, c'était sa préoccupation numéro un cette semaine ; elle m'en parlait constamment.

Je jette un coup d'œil à l'horloge de la cuisinière : dix-sept heures trente. Elle a toujours onze minutes de retard, donc en réalité il est dix-sept heures quarante et une. En principe, les invités ne devraient pas tarder ! Un mouchoir enroulé au bout de son doigt écorché, ma mère me tend un linge et le savon à vaisselle.

— Allez, Iris, on se bouge !

Sam rase le banc de l'entrée avec ses longs bras pour saisir les manteaux, les gants, les tuques… Ensuite, il lance nos traîneries dans la garde-robe. Seigneur ! Les Cloutier vivent dans un vrai château. Qu'est-ce qui a pris à maman de les inviter chez nous ? Ils auront peur dès qu'ils se pointeront ici ! Espérons qu'ils n'ouvriront pas la garde-robe ; ils risquent de s'y perdre. Et puis ils marcheront sur notre prélart brun avec leurs souliers de marque. Ils s'assoiront sur nos chaises de cuisine qui sont de couleurs différentes, car nous n'avons pas de vrai mobilier. Pire, ils mangeront dans notre vieille vaisselle dépareillée. Avons-nous cinq assiettes assorties ? Je n'en suis pas certaine !

Non, ça ne va pas du tout ! C'est une catastrophe !

— Active-toi, Iris ! s'impatiente ma mère en soufflant sur son toupet. Je veux que la cuisine soit présentable.

Je baisse le menton pour regarder ma tenue. C'est moi qui ne suis pas présentable ! J'ai encore mes vêtements de sport sur le dos. Et mes cheveux sont sûrement plats sur ma tête. Je dois me changer, et vite ! Je donne mon manteau à Sam pour qu'il le balance avec les autres. J'attrape le pulvérisateur Air Wick au parfum d'agrumes. Je vaporise quelques pouffées du produit pour camoufler l'odeur de brûlé, puis je fonce à l'évier. J'empile les chaudrons et les spatules sales dans le plat à vaisselle que je cache dans l'armoire à côté de la poubelle. C'est parfait : ni vu ni connu !

Voilà ! Il ne reste plus qu'à espérer que ma mère ne fera pas tout calciner comme d'habitude. Ça s'annonce mal… Au moins, elle a fait des lasagnes. *Encore.* Nous en avons mangé pour mon anniversaire la semaine dernière. Nous avons terminé les restes dans nos lunchs chaque midi… Une chance que c'est mon mets préféré ; sinon ce serait l'écœurantite assurée ! Au moins, c'est difficile à rater. Pauvre maman, c'est le seul plat qu'elle réussit en cuisine. Par contre, risquer un pouding chômeur pour dessert, c'est un projet ambitieux. *Pour ne pas dire désastreux.*

J'attrape à la dernière seconde le contenant de sirop d'érable qui s'apprêtait à rouler sur le plancher.

— Maman, tu aurais dû prendre un gâteau au restaurant.

Julie est serveuse dans un restaurant où on offre un buffet à volonté. Souvent, elle rapporte des muffins ou des desserts encore très bons, mais qui ne peuvent être servis à la clientèle à cause de la date de péremption. Cependant, nous, ça fait notre affaire. On se bourre la face ! Le gâteau aux carottes est le meilleur. Avec la petite sauce au caramel, les invités en auraient eu plein le bec. Mais non, il fallait que maman complique les choses.

— C'est justement ce que je lui ai dit…, grogne Sam.

Ma mère verse du lait dans une tasse à mesurer, puis elle se penche pour vérifier si la quantité est juste. Elle ajoute quelques gouttes, puis finalement elle enlève un peu de lait…

— Arrêtez ! s'énerve-t-elle, les yeux rivés sur la tasse. On ne reçoit pas des gens comme eux avec un dessert acheté !

Ah non ? Sam et moi roulons les yeux. *Un dessert brûlé, c'est sans doute mieux.*

J'ai assez perdu de temps ; je dois me préparer ! Je cours jusqu'à l'escalier, monte les marches deux par deux comme si c'était une question de vie ou de mort.

— Et range ton sac de patins ! me lance ma mère.

Tant pis ! J'ai déjà claqué la porte de ma chambre.

# 2
## S.O.S.

J'ai monté l'escalier trop vite ; je suis essoufflée et j'ai mal au genou. Ouf ! Je sautille quelques pas sur un pied. Je dois faire plus attention, car je ne suis pas complètement guérie. Ce n'est pas le moment de faire des folies ! Je frotte un peu mon genou… C'est encore cette foutue douleur sur le côté droit qui revient aussitôt que je fais un effort.

Qu'est-ce que je pourrais bien porter pour le souper de ce soir ? Je fouille dans mes tiroirs en espérant un miracle. Pff ! J'ai trois paires de jeans ordinaires et quelques vieux chandails dans ma commode. Des vêtements d'école défraîchis. Ce n'est pas avec ça que je serai à mon avantage devant Jacob Cloutier ! Mon chemisier blanc aurait convenu, mais je l'ai taché de jus de raisin et il est encore dans le panier à linge sale. Si Emma, ma meilleure amie – et voisine d'en face ! –, était là, j'aurais pu lui écrire. Il m'aurait suffi de traverser la rue et de fouiner dans son immense garde-robe, qui a la même dimension que notre salle de bain. Emma a au moins quinze paires de souliers, ce qui donne une bonne idée du nombre de chandails et de pantalons qu'elle possède. Mais malheureusement pour moi, c'est son cours de natation aujourd'hui.

J'ai une idée !

Une autre personne peut m'aider. Je sors mon iPod de la poche arrière de mon pantalon. J'ouvre Facebook avec l'espoir que Marie-Jade soit en ligne. Il le faut ! Mais pourquoi je m'inquiète ? Cette fille est toujours en ligne.

Iris

> Salut! Es-tu là? J'ai une urgence et j'ai besoin de toi!

Aussitôt, je vois que le message a été lu. Super! Si quelqu'un peut régler mon problème de vêtements à la dernière minute, c'est Marie-Jade.

Marie-Jade

> Ah oui? Pourquoi?

Iris

> Peux-tu me prêter ton plus beau chandail? On a de la visite pour le souper et j'ai juste mes vieilles affaires laides à me mettre.

Marie-Jade

> OK! Mais il faut que tu me dises qui va manger chez vous...

Rien n'est jamais gratuit avec Marie-Jade.

Iris

> Un ami de ma mère...

Je ne vais certainement pas parler de Jacob à Marie-Jade. Elle ne sait rien de l'histoire.

Marie-Jade

Ah !... C'est d'accord.

Iris

Je cours chez vous. Merci encore !
Tu me sauves la vie !

Avec un peu de chance, j'aurai le temps de revenir avant que les Cloutier se pointent !

Marie-Jade

Non ! Ne bouge pas, j'arrive !

Abasourdie, je fixe l'écran plusieurs secondes. Marie-Jade veut me rendre un service ? J'avais perdu l'habitude de la voir si gentille. Ces derniers temps, c'était plutôt le contraire : elle m'évitait ! Mais la pauvre est déprimée depuis qu'elle est en peine d'amour de son Laurent. *Laurent pot de colle*. Ils se sont laissés la semaine dernière. En fait, IL a cassé. Pour Marie-Jade, c'est donc le drame, la fin du monde, l'apocalypse... Elle m'écrit cinq fois par jour pour se plaindre de son terrible sort. En plus, elle me téléphone souvent. Elle veut qu'on se fasse des soirées comme dans le temps, lorsqu'on était comme les deux doigts de la main. Au programme figuraient films de filles, vernis à ongles, *pop-corn*... Mon ancienne meilleure amie a fini par se souvenir que j'existe.

**OMG!**

Je clique sur la page Facebook du Club des Girls[1]. Merde, personne n'est en ligne! Je laisse un message aux filles:

---

**Iris**
SOS!!! Jacob, le joueur de hockey numéro 87, vient souper à la maison! Ce sera un désastre! À suivre...

J'aime   Commenter   Partager   Il y a quelques secondes

---

En attente de nouvelles, mes amies se tourneront les pouces toute la soirée. Tant mieux! Pour une fois qu'il se passe quelque chose dans ma vie... Habituellement, j'écoute les autres raconter leurs péripéties. Et puisque je n'avais pas d'iPod jusqu'à tout récemment, j'étais la dernière à tout savoir. Je parcours rapidement mes courriels. Simple réflexe, car c'est toujours la dernière opération que j'exécute sur mon iPod avant de le fermer. Un message attire mon attention.

**De:** Weeze G.
**À:** Iris Lépine
**Objet: Salut!**

Salut!

On ne s'est jamais parlé, mais je te vois à l'école et je trouve que tu as l'air cool. J'étais trop gêné pour te le dire en personne.

Bye!

Weeze

---

1. Référence à la série *Le Club des Girls* de la même auteure. Rejoins la page Facebook du Club des Girls: Catherine Bourgault – Auteure.

Weeze? Jamais entendu parler de lui. Que se passe-t-il, *encore*?! Un garçon de l'école me trouve *cool*... Eh bien! C'est intrigant. Qui est-ce? Plusieurs visages familiers défilent dans ma tête. Je réfléchis aux adolescents de ma classe: Joey, Christian, Nicolas, Grégoire... Aucun d'eux ne semble s'intéresser à moi. Tout en tapant du bout de mon ongle sur la vitre de l'iPod, je cherche des indices dans ma mémoire. Est-ce que quelqu'un en particulier m'a abordée dernièrement? Je ne crois pas. Personne ne m'a demandé de lui prêter un crayon ou de se mettre en équipe avec moi pour un travail. Bah! Il y a Justin, mais ça ne compte pas. Le pauvre n'a pas vraiment d'amis à cause de son bégaiement. Je suis la seule qui fait souvent équipe avec lui. Je trouve ça triste de le voir isolé dans son coin! Ce n'est quand même pas Justin les lunettes qui se serait surnommé Weeze?

Je décide de répondre.

**De :** Iris Lépine
**À :** Weeze G.
**Objet : Re : Salut !**

Allô,

Je ne sais pas qui tu es, mais contente de savoir qu'il y a des gens qui me trouvent cool. La prochaine fois, ne sois pas timide et viens me dire bonjour !

Iris

J'appuie sur «Envoyer». C'est étrange de ne pas connaître le destinataire du message. Mais j'aime les mystères! Je me fais des scénarios. Zut! Je vais penser à ça toute la soirée.

D'ailleurs, il faut que je cache mon iPod. Si Jacob le voit, il risque de le reconnaître et de se poser des questions ! Il croit que son appareil lui a été confisqué par son père ; il ignore qu'Étienne l'a vendu à ma mère. Je n'ai pas envie de vivre une guerre père-fils en direct dans mon salon. Ou que Jacob apprenne que je possède son iPod... J'ouvre mon tiroir de sous-vêtements, puis glisse l'objet dans un soutien-gorge. Parfait ! Personne ne le trouvera ici.

Je lance un coup d'œil autour de la pièce en refermant le tiroir qui grince. N'importe quel adolescent dirait que ma chambre est sur la coche, parfaitement rangée et montrable à des invités. C'est vrai. Contrairement à la plupart des jeunes, je ne laisse pas mes vêtements éparpillés sur le plancher, je n'ai ni assiette sale ou manette de jeux vidéo sur mon bureau. Mes livres sont classés dans la bibliothèque, mon sac d'école est suspendu à un crochet... Je n'ai jamais à subir les menaces de ma mère : « Fais le ménage de ta chambre, sinon... » Pour mon frère, c'est bien différent. Ouille !

Néanmoins, tout n'est pas parfait. Il y a des plis sur le couvre-lit, des crayons sur mon bureau, des mouchoirs usagés sur la chaise qui me sert de table de chevet près de mon lit... Je m'empresse de les jeter à la poubelle. Ensuite, je replace les couvertures.

*OK, cesse de tourner en rond, Iris. Jacob ne viendra pas dans ta chambre !*

Je ne voudrais quand même pas qu'il voie ma vieille tapisserie bleue avec des nuages. C'est tellement bébé !

Je regarde l'heure. Il est dix-sept heures cinquante-cinq.

*Viiite, Marie-Jade !*

# 3
## Les Cloutier

Le salon est plongé dans le noir, à l'exception de la lampe de lecture qui crée de l'ombre sur le mur. Avachi sur le sofa et entouré de boîtes de carton prêtes pour le déménagement, Jacob Cloutier fait ses devoirs. Du moins il essaie. Le garçon tape le bout de son stylo sur son genou. La feuille sous ses yeux est barbouillée de mots qu'il a rayés. Il doit composer une nouvelle de cinq pages pour lundi, mais sa tête est vide. Aucune idée ne lui vient pour bâtir une histoire.

Jacob songe à Iris qu'il n'a pas vue à l'aréna de toute la semaine. Il a même l'impression qu'elle l'évite. La jeune fille a patiné à des heures où elle était certaine qu'il ne serait pas sur place. Il aimerait savoir comment va son genou. Il s'en veut encore beaucoup de l'avoir blessée avec une rondelle lancée sur un tir franc! Il souhaite prendre de ses nouvelles, mais il n'arrive jamais à la croiser. Il a essayé, pourtant! Et puis elle est partie si rapidement de la fête chez Jo… Aurait-il fait quelque chose de mal?

Alors que, perdu dans ses pensées, Jacob dessine distraitement des petits extraterrestres dans un coin de sa feuille, des phares éblouissent la grande fenêtre. Le garçon plisse les yeux. Son père arrive tôt, ce soir! C'est presque inquiétant… Le jeudi, il ne quitte jamais la clinique avant vingt-deux heures. La voiture d'Étienne disparaît dans le garage attaché à la maison. Jacob enlève ses pieds de la table avant que la porte s'ouvre.

— Allô! lance Étienne.

Une ombre d'incompréhension traverse le regard de Jacob. Depuis quand son père lui adresse-t-il la parole en rentrant du travail? Et sur un ton joyeux, en plus! La plupart du temps, Étienne s'enferme dans son bureau à l'étage avec un verre de whisky. L'homme n'en ressort qu'au petit matin, les traits tirés. Il s'est éteint depuis le départ de sa femme et de sa fille. Les bonjours ne sont que murmures entre deux gorgées de café le matin. Le soir, Étienne revient de plus en plus tard de la clinique…

Vêtu de son complet, Étienne Cloutier a les bras chargés de sacs d'épicerie. Ça aussi, c'est nouveau. Le frigo est vide depuis des mois et Jacob a appris à aimer les sandwichs au fromage orange. Qu'est-ce qui se passe?

— Salut, répond Jacob avec réserve.

Alerte, il observe les mouvements de son père.

— Va te changer, dit ce dernier. On sort pour le souper!

Oh non! Jacob lève les yeux au plafond. Pas encore un repas au restaurant avec des associés d'Étienne! L'adolescent entendra parler de prothèses dentaires et de traitements de canal. Les caries et les dents arrachées lui coupent l'appétit. Jacob s'ennuie à mourir durant ces soirées! De plus, il n'aime même pas le caviar… Étienne s'entête à montrer son fils aux gens importants. Il veut se convaincre qu'il a encore une famille, lui aussi. C'est de la comédie. L'homme présente toujours Jacob comme un futur joueur de la Ligue nationale de hockey.

Jacob a des frissons à la pensée de ce qui l'attend.

— J'ai des devoirs à faire, marmonne-t-il.

Étienne dépose ses sacs. Oh ! Oh ! On dirait qu'il sourit !

— On va aller manger chez une amie, insiste-t-il. C'est tout près, au bout de la rue. Elle a une fille qui fait du patinage artistique.

Jacob cesse de barbouiller sur sa feuille. Le crayon en suspens, il fronce les sourcils.

— Du patinage artistique ? répète-t-il.

— Oui. Tu la connais peut-être. Elle s'appelle Iris.

Il n'y a pas des dizaines de filles qui se prénomment Iris et qui font du patin ! Elle habite dans la même rue que lui ? Jacob repousse ses livres et bondit sur ses pieds. Voilà sa chance de la revoir !

# 4
## La visite

Mon frère lève les yeux de son iPod lorsque j'entre dans le salon d'un pas nerveux. Le bout de mon soulier frappe la table basse. Quelques CD glissent par terre. *Respire par le nez, Iris!* Ce n'est pas le moment de me montrer maladroite! J'imagine déjà l'horreur: moi qui renverse mon verre de lait sur le beau pantalon cher de monsieur Cloutier pendant le souper. C'est trop mon genre...

Sam me suit du regard pendant que je traverse la pièce pour me rendre à la fenêtre. Je soulève le coin du rideau pour surveiller discrètement la rue. Si nos invités ne se présentent pas bientôt, j'aurai des ronds de sueur sous les aisselles tellement ça me donne chaud de vérifier l'heure toutes les quinze secondes. Il est déjà dix-huit heures quinze. *Allez! Je n'en peux plus d'attendre!*

Et je meurs de faim.

J'ai peut-être le temps de monter à ma chambre pour vérifier si Weeze m'a répondu!

— Hé! rigole Sam. On dirait bien que tu veux impressionner le beau Sandman, petite sœur.

Je lui retourne une grimace.

— Toi, tu aurais pu te forcer, pour une fois.

Sam hausse un sourcil, l'air de dire: «Me forcer pour quoi?» Il a son jeans troué à la hauteur du genou et son éternelle tuque qui cache ses cheveux. Il ne cesse de me répéter que c'est son look rebelle, mais moi je trouve plutôt que ça lui donne une allure négligée. Il est si beau quand il porte une chemise et fait l'effort de se coiffer!

J'ai enfilé en vitesse le super chandail rouge de Marie-Jade – celui avec des manches longues évasées aux poignets et un tissu qui colle à la taille. Exactement le chandail que j'espérais! Une pince à cheveux de la même couleur et tout est parfait! Cependant, Marie-Jade a moins apprécié le fait que je lui arrache le vêtement des mains sans lui offrir d'entrer. Je n'avais pas envie qu'elle s'éternise. J'avais ouvert en criant «Merci!» avant de lui claquer la porte au nez. J'avoue que j'ai été un peu bête. Mon amie n'est sûrement pas contente! Deux ou trois messages d'injures m'attendent probablement déjà dans ma boîte courriel. Je la connais, Marie-Jade: afin de satisfaire sa curiosité, elle aurait lambiné dans le salon jusqu'à l'arrivée de la visite. Elle aime trop les potins.

Oh! J'aperçois des silhouettes à la lueur des lampadaires de la rue. Presque de la même grandeur, les deux hommes avancent au même rythme. Oui, il s'agit de Jacob et de son père! Ils marchent loin l'un de l'autre sur le trottoir. Jacob transporte un sac de plastique IGA, dont un pain baguette dépasse. Mon cœur cogne dans ma poitrine; je peux en compter chaque battement. *Boum. Boum. Quinze, seize, dix-sept…* J'essaie de me calmer, de me concentrer sur mes émotions. Suis-je contente de voir ce garçon? Je n'en suis pas certaine. Je me sens mélangée: je suis à la fois soulagée, stressée, euphorique, inquiète… Voilà le moment que je craignais tant: me retrouver face à Jacob Cloutier maintenant que je sais beaucoup trop de choses sur sa vie privée.

Monsieur Cloutier indique notre maison en souriant. Je recule un peu pour éviter d'être surprise à écornifler. Trop tard! Jacob m'a vue à travers le rideau en voile. Il braque son regard sur moi, ce qui me frappe de plein fouet. Je m'éloigne de la fenêtre comme si c'était trop douloureux de continuer à le fixer.

— Ils sont là! crié-je à la maisonnée.

Mon frère ne bouge pas. Ma mère court dans tous les sens. Je crois qu'elle est très nerveuse: elle s'est changée cinq fois! Elle a cessé son manège lorsque je l'ai assurée qu'elle était très belle avec son chandail mauve et son pantalon blanc. Elle a attaché ses cheveux, puis a décidé de les laisser retomber sur ses épaules… Ensuite, elle a appliqué de la couleur sur ses paupières. Ce souper, c'est sérieux!

— Il était temps! s'exclame-t-elle. Les lasagnes seront trop cuites et pas mangeables.

Je me tais pour ne pas lui faire de peine, mais le pouding chômeur aussi risque d'être trop cuit et de durcir.

Trois coups énergiques retentissent sur la porte. Il y a un temps mort. Ma mère cherche son deuxième soulier, tandis que je replace une mèche de cheveux qui s'échappe sans arrêt de la pince. Après, je m'évente avec mes doigts, car mes joues brûlent!

— Maman ou Iris, allez répondre! s'écrie Sam.

Oh non! J'ai oublié de prévenir maman de ne pas aborder le sujet de mon iPod entre deux bouchées de pain chaud et de lasagnes molles. Ça jetterait un froid dans la place si Jacob apprenait qu'il n'est pas près de retrouver son appareil!

— Maman, il faut que je te dise…

**OMG!**

Julie est à quatre pattes en train de regarder sous le canapé. C'est là que son soulier manquant se cachait.

— Pas maintenant, chérie !

— Non, c'est important !

Ma mère sautille jusqu'à la porte en essayant de mettre sa chaussure. Je fais trois enjambées et tente d'attraper son bras. Mais elle vient de saisir la poignée…

# 5
## Crevettes fraîches et fromage qui pue

Ma mère secoue les épaules deux ou trois fois, puis elle fait quelques rotations avec sa tête pour détendre son cou. Elle tourne la poignée après une longue inspiration qui gonfle sa poitrine. Les bras croisés, je l'observe. Elle a l'air d'une petite fille devant le grand monsieur! Que de cérémonie… Je réalise alors qu'Étienne Cloutier l'intéresse plus que je le croyais. Un ami? Pff! S.O.S.! Finalement, je renverserai peut-être mon verre de lait sur le chic pantalon de monsieur Cloutier…

Maman prend une voix trop aiguë et bafouille:

— Salut! Entrez!

Nos invités n'ont pas encore un pied dans la maison que je ressens un malaise. Il y a un truc qui cloche entre eux et nous. Leur façon d'être est différente. D'abord, ils essuient leurs souliers sur le tapis. Qui fait ça? Certainement pas nous. Même ma mère ne se soucie pas tellement de la terre échouant sur le plancher. Mais il y a autre chose: Jacob et son père se tiennent droit et la tête haute. Monsieur Cloutier porte un complet qui sent l'argent à plein nez et des boutons de manchette en or. Son fils est chaussé d'espadrilles Nike et a sur le dos une veste The North Face. Leur coiffure est soignée, et même leur façon de bouger avec classe détonne dans notre univers. Les poignées de main sont malhabiles. Jacob me tend sa joue gauche, et moi, la droite. Le coin de nos lèvres se touche dans notre maladresse.

Gênés, nous reculons tous les deux. Je marmonne un «Désolée!» pendant qu'il souffle des excuses. Arf! Ce n'est pas naturel qu'il vienne en visite chez moi. Je me sens comme si j'étais Homer Simpson à côté de Batman.

C'est au tour de maman d'embrasser Étienne sur les joues. Préférant rester à l'écart, je m'éloigne un peu. Je sens le regard de Jacob peser sur moi, mais j'évite de tourner la tête dans sa direction. J'ai l'impression que, sur mon front, on peut lire: «C'est moi qui ai ton iPod!» Je concentre alors mon attention sur le grain de beauté – très gros et boursouflé – dans le cou de monsieur Cloutier. Il s'agit sans doute de la seule imperfection physique de cet homme.

Sam décide enfin de lever son derrière du sofa. Il serre la main de Jacob et lui donne un coup de poing sur l'épaule.

— Allô, *man*! Ça fait drôle de te voir ici!

Jacob sourit. Il semble du même avis…

— Je crois que tu connais déjà Iris, ma sœur? déclare Sam en se tournant vers moi. Elle était à la fête chez Jo…

Pour toute réaction, je ne trouve rien de mieux que d'esquisser un sourire niaiseux.

— Oui, répond Jacob. On se croise de temps en temps à l'aréna.

Me voilà émue par l'expression soucieuse de Jacob! Il s'en veut encore de m'avoir blessée à un genou. Il faudra que j'arrive à lui faire comprendre que c'était un accident. Je me trouvais au mauvais endroit au mauvais moment.

— On a apporté des crevettes et du fromage! intervient monsieur Cloutier en arrachant le sac des mains de son fils.

Ma mère se force à prendre une voix enjouée.

— Oh! des crevettes!… Super!

Julie s'empare du sac qui contient de belles crevettes fraîches et du fromage qui pue. Cinq dollars pour une minuscule pointe. C'est raffiné… Mon frère plisse le nez. Eurk! Ça sent les chaussettes mouillées. Ici, nous sommes du genre hamburger, *grilled cheese* et plats congelés.

Maman referme le sac d'un coup sec, écrasant le pain frais. Puis elle invite les Cloutier à la suivre à la cuisine.

Étienne emboîte le pas à ma mère. Jacob hésite, les mains dans les poches. Il me regarde encore. À côté, Sam parle de hockey et du plus récent joueur échangé. Pauvre lui! Sa vie n'est plus la même depuis que Prust est parti pour Vancouver. J'espère qu'il s'en remettra vite, car j'en ai marre de l'entendre radoter sur le sujet! Je fais semblant de m'intéresser à ce qu'il dit, même si j'ai plutôt envie de lui taper sur la tête pour le faire taire. Il m'énerve! Je tourne la tête. Jacob ne l'écoute pas vraiment non plus. Son regard me pose mille questions silencieuses. Il paraît encore plus beau dans le décor ordinaire de ma maison. Ses cheveux vont dans tous les sens, ses vêtements chers sentent le frais… Ici, les planchers craquent et on se lave dans un bain bleu pastel. Que pensera-t-il de moi?

Jacob me surprend en faisant un pas dans ma direction. Il coupe la parole à mon frère, interrompant le récit interminable sur la mauvaise décision des Canadiens:

— Comment va ton genou?

— Euh…

Je recule un peu.

— Bien. Très bien. Vraiment très bien. Je vais aller aider ma mère avec le souper.

Je fais demi-tour en roulant les yeux. J'ai eu l'air d'une conne !

# 6
## Lasagnes molles et pouding chômeur brûlé

Une fois à la cuisine, je prends les commandes du repas. J'ai besoin de m'occuper au plus vite, sinon je me transformerai en idiote n'émettant que des niaiseries. Je parle trop quand je suis nerveuse. Et je prononce un «euh» après chaque mot. J'insiste donc pour que maman prenne place à la table avec les invités et profite du moment présent. Si je la garde loin des chaudrons, meilleures seront les chances d'avoir un souper mangeable. Jouer à la serveuse m'évite surtout d'avoir à m'asseoir à côté de Jacob et d'affronter le malaise existant entre nous. J'entreprends de trancher le pain baguette avec un couteau qui coupe à moitié, et ensuite je dépose chaque morceau dans un bol. Puisque nous n'avons pas de corbeille à pain, j'utilise un plat en plastique que j'ai recouvert d'un linge à vaisselle rose et jaune. Monsieur Cloutier me trouve bien élevée de m'activer autant. Il donne une tape sur l'épaule de son fils.

— Allez! Va aider, toi aussi!

Je manque de me couper.

— NON!

Tout le monde se tait avant de se tourner vers moi. Je souris timidement.

— Ça va, Jacob. Sam va me donner un coup de main.

— Oui, garçon, intervient maman. Ne laisse pas ta sœur se débrouiller seule avec tout ça.

Julie vient-elle vraiment d'appeler mon frère «garçon»?
Ouache! Le mot a sonné faux dans sa bouche. Elle l'a
même prononcé à la française, en roulant le «r». Ma
mère en fait trop devant monsieur Cloutier. Sam se lève en
grognant. La première chose qu'il fait est d'engouffrer un
morceau de pain. *Grrr.*

— Occupe-toi du vin, lui dis-je tout bas en montrant la
bouteille du menton.

Elle se trouvait dans le sac des Cloutier, avec les crevettes
et le fromage. Sam se penche pour que je sois la seule à
l'entendre.

— Est-ce qu'on a des coupes à vin?

Mon frère et moi échangeons un regard paniqué. Ma
mère ne boit pas d'alcool. Elle dit que ça coûte cher et que
ça fait engraisser. Je n'ai jamais vu autre chose ici que des
tasses de café et des verres de lait. On ne peut pas servir le
vin d'une cuvée limitée et vieillie pendant dix ans dans des
verres ordinaires! Quelle honte!

Nous fouillons dans les armoires. Nous ouvrons toutes
les portes. Sam vérifie les tablettes du haut, et moi, celles
du bas. Il faut trouver une solution!

— Vous cherchez quelque chose, les enfants? demande
maman.

Je sors la tête de l'armoire et lui adresse un sourire
angélique.

— Non, maman. Tout va bien!

Sam et moi devons nous rendre à l'évidence: nous
n'avons pas de coupes à vin. Même pas en plastique! Mon
frère hausse les épaules. Monsieur Cloutier est bouche bée

quand Sam lui sert son vin rouge dispendieux dans un simple verre… Maman est gênée. Jacob retient un fou rire. Un verre, ce n'est pas très chic, mais après tout le vin goûte la même chose, qu'il soit servi dans une coupe en cristal ou non ! C'est seulement un peu moins beau lorsque vient le temps de trinquer.

Étienne Cloutier est en moyens, c'est évident. Il pète plus haut que le trou, comme dirait mon frère. *C'est juste un snob.* Il aime trop parler du luxe qu'il s'offre. Je tique chaque fois qu'il se sent obligé d'ajouter qu'une marque est meilleure qu'une autre. Lorsque son père mentionne fièrement le prix de sa BMW, Jacob grimace. Je peux le comprendre. Moi, je déteste quand ma mère évoque devant les gens qu'on n'a pas beaucoup d'argent, comme si elle voulait faire pitié. Quelle honte ! Je ne suis pas certaine qu'une alliance avec les Cloutier puisse fonctionner. Nous sommes à des années-lumière de leur réalité.

Maintenant qu'on a raté le service du vin, je m'efforce de faire mieux avec les crevettes. J'improvise, car je n'ai aucune idée de la manière de servir les fruits de mer. Je les place en rond dans une assiette et mets la sauce dans un bol au milieu. Pas si mal. Eurk ! Mes doigts sentent le poisson. Je mange une crevette… C'est bon, mais un peu caoutchouteux. Sam a un haut-le-cœur lorsque je déballe le fromage. Ça sent les petits pieds ! Je le dépose dans une assiette en prenant garde de le toucher.

Ma mère semble surprise lorsque je mets les plats sur la table. Ce n'est pas le genre de choses que nous mangeons d'habitude. Les croûtons au fromage et au bacon qu'on sert à Noël sont sans aucun doute ce qu'il y a de plus exotique chez nous ! J'ai hâte de voir Julie avaler une crevette en clamant que c'est délicieux seulement pour impressionner monsieur Cloutier. Jacob s'empare du couteau à fromage.

L'air sceptique, ma mère, mon frère et moi le regardons trancher un morceau de bleu et le faire glisser sur un bout de pain. Il gobe le tout comme s'il n'avait jamais rien mangé de meilleur. Au moins, la forte odeur du fromage camoufle la senteur de sirop d'érable collé au fond du four.

Oh! J'ai oublié les lasagnes!

Je cours à la cuisinière. En ouvrant la porte du four, je reçois une bouffée de chaleur au visage. Le fromage est fondu et bien grillé sur les pâtes, mais celles-ci semblent molles. De plus en plus pathétique comme souper... Il ne reste plus qu'à espérer que les invités se bourreront de fromage bleu, de pain et de crevettes!

Je pose gauchement un linge à vaisselle sur les poignées du plat bouillant. Alors que j'ai encore la tête dans le four, quelqu'un saisit mon épaule. Je crois d'abord que Sam s'est résolu à lâcher le pain pour venir m'aider. Je sursaute en apercevant Jacob. Le plat me glisse des mains. J'évite mon pire dégât à vie en le retenant avec mon avant-bras. La manche évasée de mon chandail s'était retournée et le plat très chaud touche ma peau. Ouille! Ça brûle! C'était ça ou Jacob aurait eu des lasagnes sur ses beaux souliers.

Mon ami s'affole:

— Vite, Iris! Il faut mettre de l'eau froide sur ton bras!

Ma mère me répète souvent d'utiliser les mitaines de four, car c'est plus sécuritaire.

# 7
## La gaffe

Les Cloutier sont courtois ; ils ont mangé avec le sourire les lasagnes molles. La bouche pleine, Jacob a même lancé que c'était délicieux. *Il est vraiment trop poli…* En plus, son père et lui ont de bonnes manières : ils mangent sans poser les coudes sur la table et placent leur essuie-tout sur leurs genoux… Moi, j'ai passé le souper le nez dans mon assiette à compter les morceaux de céleri et les champignons dans la sauce. Je tue maintenant le temps en alignant mon couteau et ma fourchette sur la table, puis en les déplaçant. Ensuite, je recommence l'exercice. Mon bras brûle un peu.

— Iris, m'interpelle monsieur Cloutier, ta mère m'a dit que tu réussis très bien dans les compétitions de patinage artistique ?

Je lève les yeux. Du coup, mon dos courbé se redresse. Je me tiens droite devant Étienne. Il fait pitié avec son verre de vin. Ma mère sourit fièrement en croisant ses mains sur la table. Ouf ! Si la conversation dérape sur le sport, nous ne sommes pas près de manger le dessert. Le père de Jacob se montre aussi exigeant à l'égard de son fils que Julie l'est envers moi. Le hockeyeur doit marquer au moins un but par match ; sinon plus d'iPod ! Sam ronchonne déjà en frappant sa fourchette contre son verre de lait vide. Le bruit est agaçant. Ce n'est pas sa faute, mais mon frère se désintéresse totalement du sport. Ça l'emmerde. À part s'il est question des Canadiens.

Je me racle la gorge :

— Oui, ça…

— Elle est la meilleure du club ! me coupe maman sur un ton trop enthousiaste. Elle a pris un peu de retard avec sa blessure au genou, mais elle va revenir encore plus forte. Hein, chérie ? ajoute-t-elle en me tapotant la main.

J'échange un regard avec Jacob.

— Oui, bien sûr…, marmonné-je.

D'un geste théâtral, monsieur Cloutier entoure les épaules de son fils, qu'il secoue.

— Jacob aussi a eu certaines difficultés ces derniers temps, mais tout va s'arranger. Il est le meilleur marqueur de la ligue !

Jacob esquisse un sourire timide. Il ne semble pas savoir comment réagir.

— Et toi, Samuel, demande Étienne en lâchant son fils, pratiques-tu un sport ?

Mon frère cesse de faire du tam-tam sur son verre avec sa fourchette. Il se cale dans sa chaise comme un pantin désarticulé en dévisageant l'homme.

— Non, moi, je ne fais pas de sport ; je joue de la musique ! répond-il avec ardeur.

La conversation pourrait s'éterniser si mon frère commence à parler de musique. Mais, l'air désintéressé, monsieur Cloutier saisit son verre de vin.

— Je vois…

Je compte au moins cinq secondes de silence. Malaise…
D'une voix nerveuse, ma mère explique :

— J'ai inscrit Sam au hockey quand il était petit, mais il
a été renvoyé de l'équipe ! Il n'a jamais appris à patiner…

Le malaise perdure.

Jacob s'empresse d'intervenir :

— Iris, j'aimerais voir tes médailles ! Tu veux bien me
les montrer ?

Euh… Devrais-je emmener Jacob dans ma chambre ? Il
a déjà reculé sa chaise d'un mouvement vif.

— C'est une bonne idée ! s'exclame ma mère. Je vais
faire du café pendant ce temps-là… Ensuite, on mangera
le dessert.

Non ! Je ne veux pas me retrouver seule dans une pièce
avec Jacob ! Surtout pas dans ma chambre ! Je suis un livre
ouvert, alors il devinerait tout. L'iPod est caché dans un
tiroir, mais on ne sait jamais ; s'il fallait qu'un message
entre, l'appareil le signalerait. Impossible de me rappeler
si j'ai coupé le son… J'ai soudain très envie de préparer
le café. Je ne sais pas comment fonctionne la nouvelle
cafetière de maman, mais ce n'est sûrement pas si compliqué. Au pire, le café sera corsé !

Je ne réagis pas assez rapidement. Mon frère me tire
par la manche et, en moins de temps qu'il n'en faut pour
que je comprenne ce qui se passe, Sam, Jacob et moi
nous retrouvons dans l'escalier. Sam est heureux de fuir
la conversation ennuyante qui se tenait à table. Au fond,
nous le sommes tous.

— Est-ce que ton bras te fait encore mal ? me demande Jacob, une fois à l'étage.

Sur le seuil de ma chambre, je regarde ma brûlure. La peau est rouge et me chauffe un peu, mais ça devrait aller. Ma mère a appliqué sa crème miracle sur ma blessure.

— Ça ira, assuré-je.

Jacob passe une main nerveuse dans ses cheveux. Les mèches retombent lentement sur son front.

— C'est la deuxième fois que je te blesse ! souffle-t-il, la mâchoire crispée. Tu as raison de te tenir loin de moi…

Oh ! Il a compris que je l'évite depuis des jours. Je ne me sens pas bien devant lui. Je veux retourner en bas pour servir le café !

— C'étaient des accidents…

— Ouais, c'est ça ! réplique-t-il impatiemment.

Jacob profite du fait que Sam va s'enfermer dans la salle de bain pour se rapprocher de moi. Mon cœur bondit ! Il est si près que je ne vois que ses yeux. Il semble inquiet.

— Iris, pourquoi tu t'es enfuie de la fête chez Jo samedi dernier ? Ai-je fait quelque chose de mal ?

Je piétine. Je crois même que je marche sur ses orteils.

— Mais non…

Enfin si, c'était à cause de lui ! Il n'a rien fait de mal, mais il s'appelle Sandman !

— J'avais très mal au ventre, affirmé-je.

Je ne suis pas très convaincante, car il est évident que Jacob ne me croit pas. Mais à cet instant, mon frère sort de la salle de bain, ce qui met un terme à notre discussion.

— Ma sœur a remporté beaucoup de médailles, n'est-ce pas ? lance Sam en indiquant un mur de ma chambre.

Jacob jette un œil dans la pièce. Oh non ! En apercevant les nuages vraiment laids sur les murs, il semble étonné ! Entrera-t-il dans ma chambre pour examiner mes médailles de plus près ?

— Oui, c'est impressionnant, déclare-t-il en me fixant.

Sa chambre à lui déborde sûrement de trophées gagnés au hockey.

— Tu veux voir ma batterie ? lui demande Sam.

Souriant, Jacob essaie de se montrer intéressé. Il l'est sans doute un peu, mais je devine qu'il aurait voulu me poser d'autres questions. Les mains dans les poches, il suit Sam. Je remarque alors que les deux garçons, très grands pour leur âge, ont la même carrure. Ils s'éloignent d'un pas nonchalant. Ouf ! J'ai été sauvée par mon frère ! Même si l'iPod est bien caché, je préfère tenir Jacob loin de ma chambre.

Quelque chose me vient à l'esprit :

— Au fait, Jacob, est-ce que ton amie de France est arrivée ?

Au centre du couloir un peu sombre, Jacob se retourne lentement. Son visage est à moitié caché par l'ombre créée par le luminaire en forme d'étoile. Au fond de ses yeux, je vois le doute. Aussitôt, je comprends ma gaffe. Je pince les lèvres et retiens mon souffle. Visiblement, Jacob se demande comment j'ai obtenu cette information ! Finalement, il fait demi-tour et disparaît dans la chambre de mon frère.

J'ai juste une envie : me frapper la tête contre le mur ! J'ai failli tout gâcher.

Pendant que Sam explique à Jacob qu'Éric Lapointe a déjà touché à sa batterie, je me faufile dans ma chambre. Mon frère en a pour plusieurs minutes à raconter son histoire, alors j'ai le temps de regarder mes messages. Est-ce que le mystérieux Weeze m'a répondu ?

Ouiiiiii !

**De :** Weeze G.
**À :** Iris Lépine
**Objet : Re : Re : Salut !**

C'est cool de me répondre ! Un jour, j'irai te dire bonjour…

En passant, je t'ai vue au match d'impro la semaine dernière. Bravo !

Écris-moi encore, SVP.

Weeze

Eh bien, ça ne semble vraiment pas être une blague, tout ça. Je me disais que ce Weeze se trompait peut-être de personne. Mais qui m'observe de loin ? Je veux savoir !

**De :** Iris Lépine
**À :** Weeze G.
**Objet : Re : Re : Re : Salut !**

Tu veux bien me donner des indices ? Tu es en quelle
année du secondaire ?

Iris

Fébrile, j'envoie le message.

— Comment sais-tu que je devais recevoir une amie de
France ? lance une voix dans mon dos.

Je sursaute. Jacob et Sam sont dans le cadre de la porte.
Telle une voleuse prise en flagrant délit, je cache l'iPod
dans ma poche. Merde ! Est-ce que Jacob a vu l'appareil ?

— Euh… je… Tu m'en as parlé une fois à l'aréna.

Des gouttes de sueur glissent dans mon dos. Je savais que
j'étais nulle dans les cachotteries ! Je finis toujours par me
trahir – comme chaque Noël avec les cadeaux. Maman ne
m'a pas encore pardonné d'avoir dit à Sam qu'il recevrait
une Xbox. Je ne fais pas exprès ; je révèle les secrets tout
bonnement dans les conversations.

Avec son sourire de garçon tannant, Sam nous observe.
La scène semble beaucoup l'amuser. Soudain, les joues
me brûlent. Comment vais-je me sortir du pétrin ? Jacob
fronce les sourcils, puis il soutient mon regard.

— Au dessert ! crie ma mère de la cuisine.

Ouf ! Je suis sauvée cette fois-ci par maman ! Je n'ai
jamais eu autant envie de manger du pouding chômeur
brûlé. J'avalerai tout sans broncher… Je fonce vers la
sortie en espérant que les deux gars me laisseront passer.

— On arrive !

# 8

## Mensonge

Je coupe le pouding chômeur en triangle, puis j'inonde chaque morceau de sirop d'érable dans l'espoir qu'il soit moins dur. Je cache la croûte brûlée avec une boule de crème glacée à la vanille. C'est le mieux que je puisse faire pour sauver le dessert.

— Tu ne manges pas avec nous? s'étonne maman lorsque je dépose les assiettes devant les invités.

Je me force pour ne pas regarder en direction de Jacob. Mon iPod se trouve dans la poche arrière de mon pantalon et j'ai peur que mon ami voie le bout de l'appareil qui dépasse. Je préfère rester debout et face à lui.

— Non, je n'ai pas faim. Je vais faire la vaisselle…

De toute façon, je suis sûre que le pouding chômeur goûte le brûlé. Ma mère me dévisage. En effet, c'est rare que je refuse de manger du dessert. Cela n'arrive que lorsque je suis très malade! Et puis, même si je rends souvent des services à la maison, ce soir, mon zèle paraît louche. Je ne peux faire autrement, car je ne tiens pas en place. La présence des Cloutier dans la maison rend l'air irrespirable. Pire, ma gaffe avec l'iPod m'a mise sur les nerfs. J'ai failli me faire prendre en flagrant délit! D'ailleurs, je ne suis pas encore tout à fait convaincue que Jacob n'a pas vu l'appareil que je tenais à la main. C'est la faute de Weeze! Il m'a complètement déconcentrée et je n'ai pas été prudente…

Je recule lentement jusque derrière le comptoir. D'un mouvement rapide, je sors l'iPod de ma poche et le lance dans le tiroir à ustensiles. Ni vu ni connu, à moins que Jacob décide de m'aider avec la vaisselle. Ce serait la catastrophe. Pour l'instant, Sam et lui dévorent leur pouding chômeur. Ils ajoutent quelques cuillerées de crème glacée à la vanille, et personne ne se plaint de la texture rigide du dessert. Ils vident une pinte de lait, lèchent leur cuillère. Pendant ce temps, ma mère rigole avec un homme décoré de bijoux en or. Étienne lui frôle le bout des doigts… Ça me fait tout drôle en dedans. J'ai envie de lui verser le reste de sirop d'érable sur la tête. C'est bébé, je sais, mais je n'ai pas l'habitude de partager ma maman. J'ai hâte que les Cloutier partent. Et puis les belles dents trop blanches du père de Jacob ne sont même pas droites. *Tu parles d'un dentiste incompétent. Pff !*

J'attends avec impatience le moment où nos invités se lèveront de table et nous remercieront poliment pour le «délicieux» repas. Les deux mains dans l'eau de vaisselle, je cache mon état de panique en grattant avec mes ongles le fond des assiettes où le fromage fondu a collé. Ce n'est pas seulement le fait de voir ma mère flirter avec un homme qui me rend nerveuse. Mon iPod est dissimulé entre les couteaux et les fourchettes. Je surveille attentivement le tiroir à ustensiles. Si quelqu'un se lève pour venir chercher une cuillère, je bondirai comme une lionne protégeant ses petits !

Mais il y a autre chose. Je suis incapable de vivre avec le mensonge ; ça me gruge de l'intérieur. Jacob est là, tout près de moi. Il se bourre de pouding chômeur. Pour lui, je suis la fille qui fait du patinage artistique. Il n'a aucune idée de tout ce que j'ai appris sur sa vie à partir de son iPod : je sais que sa sœur est décédée, j'ai lu les messages qu'il a échangés avec une amie en France, j'ai entendu la musique qu'il écoute, j'ai vu ses photos et ses vidéos…

S'il fallait que ma mère mentionne l'existence de mon nouveau iPod dans une conversation… Mais il y a peu de chance que cela arrive, car monsieur Cloutier parle beaucoup de lui. Tout y passe : sa voiture, sa maison, sa piscine, son nouveau condo… Julie place un mot ici et là lorsqu'elle en a l'occasion.

Mon intérêt pour ce qui se passe autour de la table s'envole. Tout en frottant, je réfléchis à une solution. C'est urgent ! Je ne peux pas continuer de côtoyer Jacob avec ce mensonge pesant sur mes épaules. Ça me rendra folle ! Je dois me libérer. J'ai une idée en tête ; peut-être que ça marchera.

— Hé ! Iris ! crie mon frère. As-tu ton iPod ? Je veux montrer la photo de la guitare que tu as prise l'autre jour au magasin…

L'assiette glisse de mes doigts mouillés et couverts de savon.

# 9

## cendrillon14@live.ca

Je pousse un soupir de soulagement lorsque ma mère referme la porte derrière Jacob et son père. Ouf! Enfin! J'avais l'impression qu'ils ne partiraient jamais. Ils s'étaient éternisés sur le tapis de l'entrée, nous remerciant encore et encore pour la belle soirée. «La prochaine fois, ce sera à notre tour de vous recevoir!» avait lancé Étienne. *C'est ça, on ira manger dans tes assiettes en or!* Nous avions eu droit à des bisous sur les joues. Jacob avait posé la main sur mon avant-bras et murmuré: «On se voit à l'aréna demain?»

J'ignore ma mère qui répète pour la troisième fois combien les Cloutier sont gentils. Je me bouche les oreilles lorsque mon idiot de frère lance: «Iris aime Jacob! Iris aime Jacob!» La vaisselle est faite – même les chaudrons que j'avais cachés sous l'évier ont été lavés. Le comptoir est rangé et propre. Je récupère mon iPod dans le tiroir à ustensiles avant de monter à ma chambre.

Lorsque mon frère m'avait demandé d'aller chercher mon iPod, j'avais bredouillé que la pile était à plat. Jacob avait levé un sourcil. Je m'étais mordu les lèvres. Évidemment, la pile n'était pas à plat, car l'iPod fonctionnait parfaitement lorsque je m'en étais servie un peu plus tôt dans ma chambre. Une série de mensonges avait défilé dans ma tête: je l'ai perdu, il est cassé, je l'ai oublié chez Emma… Mais aucun d'entre eux ne tenait la route: Sam et Jacob m'avaient vue jouer avec l'appareil. Heureusement, personne n'avait insisté. Fiou! Le drame avait été évité de justesse. À ma grande surprise, ma mère avait affiché une expression nerveuse. Monsieur Cloutier avait englouti son morceau de pouding chômeur en trois bouchées avant d'annoncer le départ. Ni l'un ni l'autre ne souhaitaient que Jacob voie l'iPod.

J'en ai ras-le-bol des cachotteries. Si je ne peux révéler à Jacob que j'ai reçu son iPod en cadeau d'anniversaire, je peux au moins lui redonner ce qui lui appartient.

Les messages se sont accumulés pendant la soirée. Je savais que ma publication sur la page Facebook du Club des Girls créerait une grosse réaction! Les filles ont hâte de savoir comment s'est passé mon souper avec le beau joueur de hockey numéro 87. Marie-Jade m'a écrit un courriel sympathique. Elle a décidé de me donner son chandail. Wow! Je suis contente, car il est vraiment beau! Et ce n'est pas un grand sacrifice pour elle; elle possède des dizaines d'autres chandails encore plus jolis dans sa garde-robe.

Weeze m'a répondu.

**De :** Weeze G.
**À :** Iris Lépine
**Objet : Indice**

Je suis en troisième secondaire.

W.

Ce garçon est plus vieux que moi! À part Emma et quelques filles, je ne fréquente pas beaucoup d'élèves qui ne sont pas de mon niveau.

**De :** Iris Lépine
**À :** Weeze G.
**Objet : Re : Indice**

Es-tu un ami de mon frère?

Iris

Il vaut mieux éliminer cette option dès maintenant. Sam est en quatrième secondaire, mais il a des copains partout! Tout le monde veut être l'ami du gars *cool* qui fait de la musique! Sam connaît peut-être ce Weeze.

Emma aussi m'a écrit; elle s'attend à recevoir tous les détails de ma soirée dans la seconde. Je remarque alors que son statut est passé de «Célibataire» à «En couple avec Samuel Lépine». Voilà, c'est officiel : mon amie sort avec mon frère. Je savais que ça s'en venait… Ils se voient de plus en plus souvent. Ils rigolent ensemble lorsque Emma vient à la maison pour ME voir. Ce matin, ils se tenaient par la main en se rendant à l'école. J'aurais préféré qu'Emma m'annonce la nouvelle de vive voix. C'est un peu «plate» de l'apprendre sur Facebook.

J'aurai un mot ou deux à dire à Sam à ce sujet. Plus tard.

En quelques clics, j'accède au site d'Outlook. Je me branche avec ma nouvelle adresse électronique : cendrillon14@live.ca. Je l'avais créée il y a quelques jours dans l'idée de transférer à Jacob les photos et les vidéos qui se trouvent dans les dossiers de l'iPod. Ce sont ses souvenirs. Grâce à cette façon incognito de procéder, il ignorera que le message vient de moi.

Je n'avais juste pas encore trouvé le courage de passer à l'action…

Je m'assois sur le bout de mon lit. Je me suis tellement crispée pendant le souper que j'ai mal aux épaules! Les mains moites, je dois m'y reprendre à deux fois pour taper l'adresse électronique de Jacob.

**De:** Cendrillon
**À:** Sandman
**Objet: Photos**

Salut,

Tout ça, c'est à toi.

Cendrillon

Le surnom de Cendrillon n'est pas très original. Il fait même un peu bébé, mais tant pis! C'est mon film de Walt Disney préféré; j'ai vu toutes les versions! Notre histoire, à Jacob et moi, me fait penser à ce célèbre conte. *En moins romantique.* Dans le livre, le prince charmant cherche à quel pied va le soulier de verre. Moi, j'ai cherché à qui appartenait l'iPod. *Une Cendrillon des temps modernes, mettons...*

La taille des fichiers est trop volumineuse pour un seul message. J'envoie tout ce que je trouve sans me poser de question. Cela donne plusieurs courriels. Ma démarche n'est pas sans risque, car Jacob apprendra alors que son père s'est débarrassé de son iPod. Mais de toute façon, il l'aurait su un jour ou l'autre, non? Et puisque monsieur Cloutier lui interdit l'accès à Internet, j'aurai peut-être un répit.

La question est: Jacob répondra-t-il aux messages?

# 10
## Le compte Facebook de Jacob

En silence, Jacob et Étienne Cloutier rentrent chez eux d'un pas pressé, laissant leurs traces sur le tapis blanc au sol. Le père a un léger sourire sur les lèvres, mais le fils avance tête baissée. Jacob est songeur. C'était une drôle de soirée. Il était heureux de revoir Iris, mais elle lui semblait étrange. Elle refusait de le regarder dans les yeux et cherchait à le fuir…

Lorsque Étienne tourne la clé dans la serrure et pousse la porte, la déprime de Jacob pèse un peu plus lourd sur ses épaules. Le décor de la grande maison est triste. Les murs sont nus et des boîtes sont empilées dans toutes les pièces. Il ne reste plus que quelques jours avant le déménagement. Cette étape importante dans la nouvelle vie de Jacob se passera sans sa mère et sa sœur.

Le sifflement joyeux de son père sort Jacob de ses pensées. Il se tourne vers Étienne :

— Tu ne dois pas faire de peine à Julie, dit-il d'une voix grave. C'est une bonne personne.

Étienne glisse ses mains dans ses poches et fixe son fils. Celui-ci a grandi depuis le drame. Maintenant, ils sont tous deux de la même taille. Et Jacob a vieilli. Il n'est plus l'adolescent drôle et insouciant d'avant. La réflexion qu'il vient de faire le prouve une fois de plus. On dirait même que les rôles sont inversés : le fils fait la morale au père. Et il a raison. Jacob a déjà compris qu'Étienne ne s'intéresse pas vraiment à Julie. Elle est gentille, ça lui fait du bien de s'étourdir, d'oublier son mariage qui tourne au vinaigre. Avec la serveuse, Étienne arrive à sourire, à passer quelques minutes sans penser à la mort de sa fille. Mais sans plus.

— Je ferai attention, répond Étienne.

Comme s'il lui donnait son accord, Jacob hoche la tête.

— Je peux utiliser l'ordinateur ?

Étienne acquiesce distraitement. Il est conscient qu'il se montre très sévère avec son fils. Priver Jacob de ses jouets électroniques lui semblait la meilleure option pour l'aider à retrouver sa concentration au hockey et à l'école. Les derniers mois ont été difficiles, mais son fils doit se prendre en main ! Il a tellement de talent ! D'ailleurs, Étienne lui réserve toute une surprise. Il n'attend qu'une performance remarquable de Jacob pour lui offrir un superbe iPhone 6. Cet appareil est supérieur à son ancien iPod.

Étienne pince les lèvres pendant que Jacob se dirige vers la cuisine. Il regrette d'avoir donné l'iPod à Julie. Elle en cherchait un pour l'anniversaire de sa fille, mais n'avait pas d'argent. Il avait eu pitié de sa serveuse préférée. Elle avait accepté le cadeau en jurant de ne jamais dévoiler la provenance de l'appareil. Il ne reste plus qu'à espérer que Jacob aimera son nouveau cellulaire.

À la table de la cuisine, Jacob s'installe devant l'ordinateur portable. Il n'a pas encore récupéré son iPod, mais son père le laisse regarder pendant quelques minutes, chaque jour, ses courriels ou faire des recherches pour ses travaux. Ce soir, il a une idée bien précise en tête : se créer un compte Facebook. Au souper, Sam a glissé dans la conversation qu'Iris était sur le réseau social. Étienne

s'insurge contre ce populaire site et lui en interdit l'accès.
Tant pis. Le garçon a décidé de s'inscrire quand même.
Cela lui donnera la chance de communiquer avec Iris.

Jacob entre les informations de base, puis prend une
photo rapide de lui avec la webcam. Voilà, c'est fait. Il
trouve facilement Sam, puis Iris. La demande d'amitié est
envoyée. Il espère que la jeune fille l'acceptera. Elle était
si distante ce soir qu'il se dit qu'elle ne veut peut-être rien
savoir de lui. Figé devant l'écran, il pianote impatiemment
sur la table… Iris n'est sans doute pas en ligne. Jacob passe
le temps en consultant ses courriels. Un des messages le
jette en bas de sa chaise.

# 11
## Messages texte

Emma

Irisssss, youhou, es-tu là ?

Emma

C'est long…

Emma

C'est très long !

Emma

C'est vraiment très très long ! Donne-moi des nouvelles ; sinon je traverse chez vous ! Allez ! Je veux tout savoir sur ce souper avec Jacob.

Iris

Oui, je suis là !

Emma

ENFIN ! Et puis, ta soirée ?

**Iris**

Bof! Ma mère a raté son souper, comme d'habitude.

**Emma**

Nounoune! Je veux savoir comment était le beau Sandman!

**Iris**

Il n'a pas été impressionné par la tapisserie aux nuages blancs dans ma chambre... D'ailleurs, avant de faire une dépression, je vais l'arracher!

**Emma**

Tu l'as emmené dans ta chambre?

**Iris**

Ouais! Il voulait voir mes médailles...

**Emma**

Il est grandement temps que tu changes le look de tes murs! Je t'aiderai! Un beau rouge framboise, ce serait parfait!

**Iris**

Euh...

Emma

Si nous en revenions à Jacob?

Iris

Eh bien... Il était gentil, poli. Il a mangé son assiette sans rouspéter et n'a pas roté à table...

Emma

Ooooooh!

Iris

Il a failli voir l'iPod!

Emma

Ish!

Iris

J'ai été assez rapide pour cacher l'appareil, mais je me sens cheap. Je ne sais pas si c'était la bonne chose à faire, mais j'ai créé une adresse courriel bidon et je lui ai envoyé ses photos...

Emma

Ouille! Ça va barder! Il se posera des questions.

57

Iris

Ce n'est pas mon problème. Ce n'est quand même pas ma faute si son père a vendu son iPod!

Emma

Il sera heureux de retrouver ses photos!

Iris

Changement de sujet... Alors tu sors avec Sam?

Emma

Hum... oui... Il t'en a parlé?

Iris

Non! Mais j'aurais préféré apprendre la nouvelle ailleurs que sur Facebook!

Emma

Je sais. Je suis désolée. Je ne savais pas trop comment te le dire... J'ai essayé de t'en parler toute la semaine, mais tu ne m'écoutais pas.

Iris

Tu l'as embrassé?

Emma

Oui !

Iris

Beurk !

Emma

Ha ! Ha !

Iris

Oh my God !

Emma

Quoi ? Que se passe-t-il ?

Iris

Jacob vient de m'envoyer une demande d'amitié sur Facebook !

Emma

Hein ? Il a un compte ?

Iris

On dirait bien ! Est-ce que je devrais accepter ?

Emma

Quelle question! Évidemment!

Iris

Il est en ligne... Ça veut dire qu'il a sans doute reçu mes courriels contenant les photos. Tu penses qu'il peut savoir que les fichiers viennent de moi?

Emma

Pas si tu as pris une autre adresse courriel... Oh! Sa photo de profil est trop hot! Je peux lui faire une demande d'amitié, moi aussi?

Iris

Euh...

Emma

Euh... quoi? Tu veux le garder pour toi toute seule?

Iris

Pff! Non! Mais attendons de voir comment les choses évoluent avec l'iPod... Et en passant, sache que même si tu sors avec mon frère, ça ne te donne pas le droit de lui révéler nos secrets.

Emma

Jamais sur ma vie !

Iris

Oh ! Jacob vient de m'écrire !

Jacob

Salut ! Je voulais juste te dire que le souper était le fun. Je suis content de t'avoir revue ! Mais tu avais l'air stressée... J'espère que ce n'est rien de grave. On se voit demain à l'aréna ? Jacob xx

Iris

Allô ! Oui, c'était cool, le souper, même si ce n'était pas un service cinq étoiles. (Désolée pour les pâtes molles et le pouding chômeur brûlé !) Ne t'inquiète pas, il n'y a rien de grave... Je vais rater la prochaine compétition de patin et je ne l'ai pas encore annoncé à ma mère ! (Elle va flipper !) On se verra peut-être demain. Iris xx

Emma

Qu'est-ce qu'il a dit ?

Iris

Qu'il veut me voir demain à l'aréna !

**Emma**

Il s'intéresse à toi, ma chouette !

**Iris**

C'est parce qu'il ignore la vérité. Quand il apprendra que je sais tout sur sa vie, il me détestera. Je lui mens en pleine face depuis le début !

**Emma**

Si tu ne lui dis rien, il n'y aura pas de problème...

**Iris**

Tout finit toujours par se savoir ! Oh ! Cendrillon vient de recevoir un courriel !

**Emma**

Cendrillon ? ! ?

**Iris**

Laisse faire !

# 12
## Le courriel à Cendrillon

Allongée sur mon lit, je fixe le message qui vient d'arriver dans la boîte courriel de Cendrillon. Sandman a répondu! C'était mal le connaître que de croire qu'il ne se manifesterait pas. Au fond de moi, je crois que j'espérais une réponse…

**De :** Sandman
**À :** Cendrillon
**Objet : Re : Photos**

Chère Cendrillon,

Je reconnais les photos! J'attends des explications…

Écris-moi encore, SVP!

Sandman

Évidemment, Jacob n'allait pas se contenter de dire merci, tout simplement. Comme si j'avais peur d'être surprise en train d'écrire le courriel, j'attends que mon frère passe devant ma chambre avant d'appuyer sur « Répondre ».

Sam s'immobilise devant la porte :

— La pile n'est pas à plat? lâche-t-il sur un ton baveux.

L'excuse que j'avais donnée plus tôt à Jacob pour ne pas aller chercher l'iPod me paraît faible, à présent. Mon frère a un don pour remarquer les détails et tout ramener sur le tapis… Il n'en rate pas une ! Il a des yeux de lynx. J'étire le bras, attrape ma boîte de mouchoirs sur la chaise à côté de mon lit et la lui lance en pleine figure ! Du moins, je visais sa face, mais le projectile a atterri directement dans sa main. Oh ! Je place aussitôt mes bras devant mon visage, car je sais que Sam ne ratera pas sa chance.

Mais il reprend son chemin. Je me lève en vitesse et le poursuit.

— Hé ! Attends ! J'ai quelque chose à te dire.

— Quoi ? demande-t-il sans s'arrêter.

Je le talonne.

— J'ai su que tu es en couple ! Tu comptais me l'annoncer quand ?

La plupart du temps, mon frère paraît plus vieux que son âge. Il a la silhouette d'un homme. Mais parfois, comme en ce moment, alors qu'il traîne ses pieds sur le prélart, il a l'air d'un ado normal. Sam roule les yeux, retenant son iPod par le fil blanc de ses écouteurs.

— Ce n'est pas le genre de choses que vous potinez entre filles ?

Je croise les bras, bien décidée à lui dire ma façon de penser.

— Il faudra trouver une solution parce que je ne veux pas t'avoir dans les pattes chaque fois que MON amie viendra ici pour ME voir, compris ? Moi aussi, j'ai le droit de voir Emma en tête à tête.

Je ne sais que trop bien ce qui arrivera : Sam nous dérangera toutes les cinq minutes pour minoucher sa blonde.

Pire, Emma risque d'aimer ça et de lui demander de rester avec nous. Avec lui assis sur mon lit et elle qui le voit dans sa soupe, il sera impossible d'avoir une conversation entre filles. Inévitablement, Sam mettra son grain de sel de gars plus vieux qui connaît tout. Et mon amie s'assoira entre moi et mon frère sur le canapé lorsqu'on écoutera un film, elle fera ses devoirs avec lui, je me sentirai de trop lorsqu'ils se feront des câlins… Pourquoi est-ce toujours si compliqué ? Mon ancienne BFF m'avait laissé tomber pour un garçon vraiment trop poche. Et voilà que Sam me vole ma nouvelle copine. Je me retrouve encore seule dans l'équation !

Mon frère me fait face.

— Oui, mais moi aussi, je veux passer du temps avec elle, émet-il. Je ne veux pas que tu viennes dans ma chambre chaque fois qu'elle me rendra visite !

Maman le laissera s'enfermer dans sa chambre avec une fille ? Pas sûre… Je fronce les sourcils. Je me sens comme à la maternelle : «C'est mon amie !»

— Alors on fera un horaire ! décidé-je.

— Parfait ! réplique-t-il, l'air déterminé. Emma choisira qui elle a envie de voir !

Je déglutis. J'aime beaucoup Emma. Elle est comique et gentille. Elle a toujours de drôles d'idées derrière la tête. Je crois qu'elle m'aime bien, elle aussi. J'ai confiance qu'elle ne me laissera pas tomber, mais lorsque l'amour frappe, tout change… On ne sait jamais comment les choses tourneront !

— Tu ne dis rien, Iris ? s'enquiert Sam. As-tu peur de te faire sacrer là par ton amie ?

Je me renfrogne, puis je fais demi-tour. La situation ne sera pas facile à gérer! J'espère que mon frère est prêt pour la guerre! Je ne me laisserai pas mettre sur la touche une deuxième fois…

Je m'enferme dans ma chambre, m'adosse contre la porte et prends une grande respiration pour me calmer. Tout arrive en même temps, et je ne sais plus où donner de la tête. Ah oui! Il faut que je réponde à Sandman…

Mais qu'est-ce que je pourrais bien lui raconter? «Coucou, j'ai ton iPod!» Je me frappe le front avec la paume de la main. Au secours! Je suis en train de me piéger moi-même! Et puis, soudain, une idée traverse mon esprit. Je sais exactement ce que je lui écrirai.

**De:** Cendrillon
**À:** Sandman
**Objet: Re: Re: Photos**

J'ai reçu un iPod pour mon anniversaire. Dans l'appareil, il y avait les trucs que je t'ai transmis. J'ai pensé que tu aimerais les avoir.

Bye!

Cendrillon

Après avoir envoyé le message, je me sens soulagée. Voilà une bonne chose de faite! En plus, mes explications n'ont rien d'un mensonge. Ma conscience se porte mieux.

Du moins, c'était le cas avant de recevoir un nouveau message de Sandman…

# 13
## Un nouveau mystère

Emma

Cendrillon??? C'est qui?

Iris

Il s'agit de mon surnom pour ma nouvelle adresse courriel! Une façon incognito d'écrire à Jacob pour lui envoyer ses souvenirs.

Emma

C'est quétaine... Tu n'as pas trouvé mieux? Elsa de La Reine des neiges, les poupées Monster High...

Iris

Moi, je la trouve belle, l'histoire de Cendrillon! J'ai vu tous les films. Ça fait rêver au prince charmant!

Emma

Pff!

Iris

En tout cas, Jacob voulait des explications! Je lui ai dit la vérité.

Emma

LA VÉRITÉ?!?

Iris

Je lui ai confié que dans l'iPod reçu à ma fête j'avais trouvé des choses à lui...

Emma

Tu te donnes beaucoup de mal. Tu aurais dû tout mettre sur une clé USB et la lui poster!

Iris

Ou graver un CD!

Emma

OUI!

Iris

Je n'aurais même pas eu besoin d'envoyer le colis. J'aurais pu le déposer sur son perron ou dans sa boîte aux lettres...

Emma

Ouais! Tu aurais dû me consulter avant de faire n'importe quoi.

**Iris**

Merde ! Ma soirée m'a mise sur les nerfs, alors je n'ai pas réfléchi. Je voulais me débarrasser de ce fardeau !

**Emma**

Il y aura de l'action dans les prochains jours. ☺

**Iris**

Attends, je ne t'ai pas tout dit !

**Emma**

Quoi, encore ?

**Iris**

Je reçois des messages étranges d'un certain Weeze.

**Emma**

Pourquoi les trouves-tu étranges ? Mais c'est vrai qu'avec un tel surnom, ce n'est pas surprenant...

**Iris**

Il prétend qu'il me trouve cool, mais qu'il est trop gêné pour me parler.

Emma

Je ne connais aucun Weeze.

Iris

Je me demande où il a eu mon courriel...

Emma

De nos jours, ce genre d'informations n'est pas compliqué à obtenir !

Iris

Oh ! Il vient de me répondre.

**De :** Weeze G.
**À :** Iris Lépine
**Objet : Re : Re : Indice**

Je ne connais pas ton frère.

Weeze

**De :** Iris Lépine
**À :** Weeze G.
**Objet : Re : Re : Re : Indice**

Où as-tu eu mon adresse courriel ?

Iris

70

Emma

Pis?

Iris

Ce n'est pas un ami de Sam!

Emma

Yé! Un nouveau mystère à résoudre!

Iris

J'ai beau chercher, je ne vois pas qui ça peut être.

Emma

Fais-moi confiance: on le découvrira! On se créera un tableau dans lequel on entrera les indices au fur et à mesure!

Iris

Minute! Un autre message vient d'arriver.

**De:** Sandman
**À:** Cendrillon
**Objet: Re: Re: Re: Photos**

Je vois.

Il y a d'autres choses dans l'iPod que j'aimerais récupérer. Tu voudrais bien me les envoyer?

Sandman

**De :** Cendrillon
**À :** Sandman
**Objet : Re : Re : Re : Re : Photos**

Bien sûr. Mais de quoi s'agit-il, au juste ?

En passant, j'aime tes goûts musicaux.

Cendrillon

**De :** Sandman
**À :** Cendrillon
**Objet : Fichiers**

Ah ! Merci.

Bonne écoute ! Moi, je devrai tout télécharger à nouveau.

Dans l'application iMovie, il y a des vidéos. Je tiens à eux ! Tu n'es pas obligée de les regarder…

Je dois t'avouer quelque chose : je suis fâché que quelqu'un fouine dans mes affaires. Mais c'est gentil de tout m'envoyer.

Sandman

Emma

Youhou ! Qu'est-ce que tu es en train de faire ?

Iris

Je fouille dans les vidéos…

Emma

C'était qui ?

Iris

Jacob ! Il veut que je lui envoie les vidéos se trouvant dans l'iPod.

Emma

Oooh ! Je veux voir ça !

Iris

Il faut que je te laisse. Ma mère chante en bas, ce qui signifie qu'elle est de bonne humeur ! C'est le moment idéal pour lui apprendre que je raterai la prochaine compétition de patin.

Emma

Ouille ! Bonne chance.

Iris

Ouin ! Si je ne me rebranche pas, c'est qu'elle m'aura confisqué mon iPod...

Emma

J'espère que cela n'arrivera pas ! Il faut qu'on découvre qui est ce cher Weeze ! Allez, la grande ! Va jouer du violon à ta mère !

Iris

Je vais sortir ma voix de petite fille qui fait pitié. En me forçant, j'arriverai peut-être même à verser une larme !

Emma

C'est bon, ça !

Iris

À plus !

Emma

xx

# 14
## Une conséquence pour Iris

Ma mère ne fait pas que chanter ; elle danse également. Elle est toute seule à la cuisine. Elle coupe le reste des lasagnes qu'elle met dans des plats à lunch. Lorsque je constate qu'elle se sert du couteau en guise de micro, je me dis qu'elle a peut-être bu trop de vin avec monsieur Cloutier. C'est vraiment le moment parfait pour lui parler !

— Maman ?

Julie cesse de se prendre pour Céline Dion. J'ai crevé sa bulle de bonheur.

— Oui, ma chérie ?

J'observe ses orteils nus sur le plancher froid. Ses ongles sont peints en rouge. Avec sa silhouette de jeune fille et ses épaules frêles, elle est belle, ma mère, même si la vie ne l'a pas épargnée. La monoparentalité, l'insécurité, la peur de manquer d'argent chaque fin de mois, le travail à la dure dans un restaurant... ça use à la longue. De petites rides se sont formées au coin de ses yeux avec le temps.

La cuisine me paraît calme et paisible après le brouhaha de la soirée. J'entends même le tic-tac agaçant du frigo. On dirait une bombe à retardement... Mais la bombe, c'est moi qui s'apprête à la lancer.

Sous le regard incertain de ma mère, je me laisse tomber sur un tabouret, qui craque sous mon poids. Je passe mon doigt sur le motif de fleurs du comptoir.

— J'ai une nouvelle à t'annoncer, maman.

Elle dépose son couteau et délaisse les lasagnes.

— Tu n'as pas aimé ta soirée ? s'inquiète-t-elle. Pourtant, Jacob a l'air gentil, mature, bien élevé…

— Non, ce n'est pas ça. C'est à propos du patin.

De l'autre côté du comptoir, Julie se crispe. Je savais que lui parler de patinage artistique l'inquiéterait.

— Quoi ? réplique-t-elle, sur ses gardes.

Je m'en veux. J'aurais dû la laisser chanter et danser, ne pas gâcher sa belle journée. Je sens que ça finira mal !

— J'ai patiné aujourd'hui, mais mon genou me fait encore souffrir.

— C'est bon pour ton genou, que tu patines !

— Ouais… Mais selon Maggie, je ne devrais pas participer à la compétition à Terrebonne. Ça risquerait d'aggraver ma blessure.

Mon entraîneuse avait été ferme : je devais passer mon tour ! J'avais bien essayé de la convaincre, sachant que ma mère insisterait, mais elle n'avait rien voulu entendre. Lorsqu'il est question de sécurité, Maggie se montre intraitable. *Tu te reprendras le mois prochain à Québec.* J'en ai la nausée. C'est la première fois que je raterai une compétition. Ma mère ne voit-elle pas que ça m'arrache le cœur ? Je travaille tellement fort ! Je prendrai du retard, mes adversaires me dépasseront, remporteront la victoire. Je descendrai dans le classement du club.

Et je sais que maman dépense beaucoup d'argent pour mon sport. D'ailleurs, elle me fixe avec le regard vide.

— Je vais téléphoner à Maggie, s'énerve-t-elle. Il faut trouver une solution. Tu ne peux pas rater une compétition en début de saison.

Julie a déjà payé pour la compétition à Terrebonne. Pour une famille ordinaire – avec un papa et une maman qui travaillent, qui possèdent une maison, un garage et un chien –, une telle dépense n'est pas la fin du monde. Mais lorsque chaque dollar est compté, cela représente une grosse perte d'argent. Julie dit toujours qu'une telle somme équivaut à une partie de l'épicerie de la semaine.

Mais ce n'est quand même pas ma faute si je suis blessée !

Je secoue la tête.

— Ça ne donnera rien, maman. Il est trop tard. On m'a exclue !

— Impossible ! Tu es dans le club depuis si longtemps ; ils ne peuvent pas te mettre de côté !

Wô ! Maman déraille !

— Cette décision a été prise pour ma sécurité ! m'écrié-je. Et puis ce n'est pas comme si c'était les Jeux olympiques…, murmuré-je.

Mon regard se fixe sur notre vieux comptoir gris. Seul le foutu bruit provenant du frigo, qui me fait grincer des dents, trouble le silence. Mais ce n'est qu'une accalmie, je le sais. Ma mère est en train de réfléchir.

Je ne sursaute même pas lorsqu'elle donne une claque sur le comptoir.

— Je t'avais prévenue, Iris. Je veux une médaille à la prochaine compétition, sinon…

— … plus d'iPod, complété-je.

Ma mère croise les bras sur sa poitrine. Elle n'est pas en colère?

— Je comprends que la blessure n'est pas ta faute.

Ouf!

— J'ai quelque chose à te proposer, ajoute-t-elle.

Je lève la tête, aussitôt sur le qui-vive. Le frigo émet un drôle de gargouillis, puis le moteur s'arrête enfin. Je fais face à ma mère. J'attends. Que pourrait-il m'arriver de pire que la confiscation de mon iPod?

— Je ne t'enlèverai pas ton jouet électronique et ne te parlerai plus de compétition de patin si tu t'inscris à la troupe d'improvisation.

— Quoi?!

— C'est à prendre ou à laisser.

# 15

## Iris en enfer

Les jambes molles et le cœur dans la gorge, j'avance à contre-courant de la vague d'élèves contents que la semaine soit enfin terminée. Ça saute, ça crie… Je reçois un coup de coude dans les côtes et un avion en papier en plein visage. Le vendredi, c'est toujours le chaos dans les corridors. Une vraie jungle ! J'aboutis devant le bureau de monsieur Denis, le professeur de français. C'est lui qui s'occupe des activités théâtrales. Je lui en voudrai à vie pour la conséquence qu'il m'avait donnée parce que j'avais osé apporter mon iPod en classe. À cause de lui, j'avais dû participer à un match d'improvisation. Imiter une coiffeuse qui a peur de tout, c'est le mieux que j'avais pu faire. Quand je repense à ce soir-là, j'en ai encore des sueurs froides.

Et dire qu'il faudra que je m'y remette…

Au secours !

La porte est ouverte. Monsieur Denis est assis à son bureau, dos à moi. Avec son pantalon rose et sa chemise fleurie, il fait peur. OK, j'ai encore une seconde pour m'enfuir. J'oublierai cette idée folle de joindre la troupe et redonnerai mon iPod à ma mère pour un temps indéterminé. Tant pis ! Je n'ai pas les nerfs assez solides pour supporter le stress généré par le fait de jouer la comédie devant une salle bondée.

Je roule les yeux.

*Eh misère! Ce qu'une fille ne ferait pas pour garder son iPod…*

Les mains sur les bretelles de mon sac à dos, je toussote pour signaler ma présence. Monsieur Denis ne bouge pas. Je cogne deux coups sur le cadre de la porte, m'écorche le doigt sur un bout de métal qui dépasse. Je secoue ma main… Ouch! Le prof reste immobile. Hum… C'est étrange. Pendant une seconde, je me plais à imaginer qu'il est peut-être en arrêt cardiaque. La mort subite du responsable des activités théâtrales me sauverait de l'enfer de devoir me ridiculiser sur une scène devant toute l'école.

C'est mon seul espoir.

OK, s'il est vraiment en arrêt cardiaque, je devrai appeler à l'aide. Je n'ose pas m'approcher. J'ai peur de le trouver inerte, les yeux grands ouverts. Il me fait peut-être une blague? On ne sait jamais à quoi s'attendre avec les gens qui font du théâtre…

— Monsieur Denis? appelé-je d'une voix hésitante.

L'homme – qui paraît tout droit sorti d'un film des années 1970 avec ses vêtements colorés, sa queue de cheval et sa barbe d'une semaine – bondit. Je lui souris timidement.

— Iris!

Arf! Il est trop content de me voir. Il traverse la pièce en deux enjambées. *Qu'est-ce que je fais ici?* Dans le couloir, je crois entendre quelqu'un crier: «Weeze!» Aussitôt, je me tourne dans cette direction. J'ai été si stressée toute la journée à cause de cette histoire de troupe d'improvisation que je n'ai même pas pensé à chercher le mystérieux Weeze. Je détaille les adolescents avec l'espoir d'apercevoir celui avec qui j'échange des courriels depuis la veille. Tout ce que je vois, c'est un groupe de garçons qui portent une casquette sur le côté et qui se chamaillent joyeusement. Il y a aussi la gang à la grande Molly qui discute avec anima-tion. Finalement, c'est peut-être mon imagination qui m'a joué un tour.

— Est-ce que je peux t'aider ? demande monsieur Denis devant mon mutisme.

Je reporte mon attention sur mon enseignant. Oui, il peut m'aider : où est la sortie de secours ? Vite, il faut que je sorte d'ici, car j'étouffe !

— Euh... je...

Monsieur Denis croise ses grands bras. Il se demande ce que je lui veux un vendredi après les cours alors que c'est le début de la fin de semaine ! Je pourrais m'excuser de l'avoir dérangé et, ensuite, m'enfuir au pas de course...

Je baisse la tête et marmonne :

— Je veux faire partie de la troupe d'improvisation...

Eurk ! J'ai terminé ma phrase en grimaçant. C'est n'importe quoi ! Je ne veux rien pantoute ! Ou plutôt je veux garder mon iPod. C'est tout ! La poitrine de mon enseignant se gonfle de joie. Il est ravi, le monsieur. Ça fait une semaine qu'il essaie de me convaincre de me joindre à la troupe. Il m'en parle à la fin de tous les cours ! Il a aimé ma prestation au dernier match d'improvisation et dit qu'il faut des gens comme moi dans le groupe. Il paraît que j'ai du talent. *Ben oui, c'est ça.*

— Oh ! C'est vrai ? Tu as changé d'idée ?

— Euh...

Je suis devant lui, la bouche entrouverte, le regard incré-dule. Comment peut-il croire un truc pareil ? Non, je n'ai pas changé d'idée ! La simple pensée que je devrai remettre les pieds sur une scène me donne envie de mourir. Je suis chanceuse de ne pas être morte la première fois! La seule chose que j'avais appréciée de mon expérience en improvisation, c'est la montée d'adrénaline provoquée par l'obligation de performer devant une foule. C'est un peu comme patiner en compétition sous le regard sévère des juges.

Je soupire.

— Oui. Mettez mon nom sur la liste.

J'attends qu'il mentionne qu'il y a un match ce soir, comme tous les vendredis. Les écoles s'affrontent sous différents thèmes. J'ai passé la journée à prendre de grandes respirations pour me calmer. J'ai hésité jusqu'à la dernière minute à parler à monsieur Denis… Je me demande encore pourquoi je n'ai pas pris mes jambes à mon cou. Tant pis pour la performance sous pression! De toute façon, le patin n'a rien à voir avec le jeu!

Oh non! Le prof se gratte le menton avec un drôle de sourire. C'est mauvais signe…

— Tu me fais vraiment plaisir, Iris. Tu savais que la troupe monte une pièce de théâtre cette année?

Je vais m'évanouir. Je cligne des yeux plusieurs fois avant de m'écrier:

— Une pièce de théâtre?

Monsieur Denis déploie ses bras et fait de grands gestes. On dirait un papillon qui n'arrive pas à voler. C'est probablement sa chemise rose et bleu qui me donne cette impression.

— L'élève qui jouait le rôle principal déménagera bientôt, explique-t-il en prenant sa grosse voix de professeur paternel. Nous avions justement besoin d'une fille bourrée de talent pour la remplacer !

Tenir le rôle principal dans une pièce de théâtre ? Oh non ! Pas question ! Il y a des limites ! Je dirais plutôt un rôle secondaire. Une apparition ou deux. Un petit coucou… Ou encore je pourrais souffler le texte aux autres dans les coulisses. Je pourrais également aider au maquillage et aux costumes. Je suis bonne en couture !

Je cherche mon air. Le couloir est maintenant silencieux. Tous les élèves sont partis, heureux de commencer le week-end. Il ne reste que quelques bouts de crayons et des papiers abandonnés çà et là…

— Je n'ai pas une très bonne mémoire pour apprendre par cœur.

J'étudie toujours selon la logique de la matière et non avec la méthode du par cœur comme le fait mon frère. Il passe des soirées à se parler tout seul dans sa chambre. Je connais déjà toute la matière de son cours de science !

Monsieur Denis fouille dans le désordre sur son bureau. Qu'est-ce qu'il fait ?

— Tu vas voir, Iris, c'est une très belle pièce.

Il brandit un paquet de feuilles retenues par un élastique, qu'il plaque entre mes mains.

— Voilà le texte. Tu peux en faire une première lecture. Demain matin à l'auditorium, il y a une répétition. C'est à huit heures.

Euh… Je fixe la centaine de pages entre mes mains moites.

— Demain ?! m'exclamé-je, les doigts humides.

Monsieur Denis s'assoit sur le coin de son bureau et s'esclaffe. Un gros rire gras. Se moque-t-il de moi ?

— Tu n'as pas à tout mémoriser dès maintenant. Les acteurs répètent encore avec le texte à la main.

— Et c'est quoi, cette pièce ?

— On adapte le conte *Cendrillon* !

La mâchoire m'en tombe. Cendrillon, c'est le surnom que je me suis donné pour ma nouvelle adresse électronique. Était-ce un présage ? Je serai Cendrillon pour vrai.

— Attends de connaître le nom de celui qui a obtenu le rôle du prince charmant, poursuit le professeur de français. Tu seras contente !

J'ai hâte de savoir à qui je donnerai la réplique.

— Ah oui ? Qui est-ce ?

— Benoît Giguère !

J'ai l'impression de recevoir un poignard en plein cœur. J'oublie de respirer pendant au moins trois secondes. Depuis quand fait-il partie de la troupe de théâtre, LUI ?

— Be… Be… Benoît ? bredouillé-je.

Benoît Giguère est peut-être le garçon le plus mignon de l'école, mais il est aussi le plus détestable. Cet être superficiel se pense plus important que tout le monde. «Je suis beau et je le sais.» La seule fois qu'il m'a adressé la parole, c'était pour passer devant moi dans la file à la cafétéria.

— Hé ! Fais la file comme les autres, avais-je grogné.

Benoît s'était retourné. Il m'avait regardée comme si j'étais un pois chiche séché au soleil, puis il avait ri avec ses copains.

— Tu es qui, toi, pour me parler comme ça ?

J'avais froncé les sourcils et décidé que je ne l'aimais pas ! Ça ne m'arrive pas souvent de détester les gens, mais les égoïstes qui se croient tout permis, ça me rebute.

Devoir l'endurer pendant qu'il jouera à la vedette sur la scène sera un vrai cauchemar. *Hé, Seigneur !*

# 16
## La colère de Jacob

Le vendredi soir, l'aréna est libre. Miro, le gérant, nous laisse patiner, Jacob et moi ; nous nous séparons la glace en deux. Il exerce ses tirs au but de son côté ; du mien, je fais mes pirouettes. Cet arrangement nous accommode. Mon sac est lourd sur mon épaule et mes patins pèsent une tonne – à moins que ce ne soit le foutu texte de la pièce *Cendrillon*, déjà chiffonné et gisant parmi mes livres d'école, qui m'accable autant. *Maudite journée.*

Rencontrer Jacob me rend nerveuse ; j'aurais bien voulu l'éviter aujourd'hui encore. Avoir passé la soirée de la veille avec lui, c'était bien assez ! Pas que je ne veuille pas le voir – au contraire, j'aimerais ça. Il est beau – vraiment beaucoup ! – et si gentil… Mon cœur bat plus vite quand il est dans la même pièce que moi. Surtout lorsqu'il me sourit en inclinant légèrement la tête ! Sauf que c'est devenu trop compliqué entre lui et moi. J'ai une double identité avec lui ! Si je vais à l'aréna, c'est pour une seule raison : il avait l'air d'y tenir. Il m'a demandé deux fois si je serais là… Et c'est important que je fasse tout mon possible pour favoriser la guérison de mon genou. Quelques tours de patinoire lui feront du bien. Toutefois, je dois oublier les sauts et les toupies pour un certain temps.

Je pousse la porte de l'aréna d'un geste familier. Ouf ! Je me sens mieux une fois à l'intérieur, comme si, entre les murs de cette bâtisse, rien ne pouvait m'arriver. Rien à part recevoir une rondelle sur le genou. Je ne songe plus à la pièce de théâtre ni à ma meilleure amie, amoureuse de mon frère. L'iPod, Cendrillon et Weeze sont également sortis de mes pensées. L'endroit est silencieux et un peu sombre. En écho, j'entends un bâton de hockey qui frappe la glace. Jacob est là !

Je me déplace sur le long tapis de caoutchouc. Lorsque je tourne le coin, j'aperçois mon ami. Je m'immobilise. Jacob est déchaîné ! Une rondelle n'attend pas l'autre. Bing ! Bang ! Ça rebondit dans tous les sens. On dirait un enragé évacuant son trop-plein de colère. Ça ne donne pas envie de le déranger ! Avant qu'il me repère, je disparais dans le premier vestiaire que je croise pour enfiler mes patins.

Qu'est-ce qui se passe ? Jacob a l'air furieux ! J'espère que ce n'est pas à cause de moi… On ne sait jamais ! J'ai peut-être dit une connerie pendant le souper de la veille. Ça m'arrive tout le temps quand je suis nerveuse… Ou alors il a vu mon iPod ? J'ai une autre idée : et s'il s'était disputé avec son père ? Oui, c'est sûrement ça.

Bien sûr, la raison de toute cette colère est simple : Jacob a appris que son père s'était débarrassé de son iPod et il en veut à la terre entière.

Comme une petite souris ne voulant pas se faire voir, j'entre discrètement sur la patinoire. Je prends soin de ne pas me placer dans la ligne de tir de Jacob. Cette fois, je n'aurais pas qu'une entorse au genou si je recevais une rondelle ! Je préfère rester tout près de la bande. Je patine lentement pour réchauffer mes muscles. Je me sens fragile. C'est difficile pour moi, car d'habitude, à mon arrivée sur la glace, je fais plusieurs tours rapides de la patinoire… Le patinage de complaisance, ça m'ennuie.

Jacob ne me remarque pas. Il est trop concentré à frapper ses rondelles qui atteignent toutes le fond du filet avec une force qui m'épate. Lorsqu'il me voit enfin, j'en suis à tenter quelques coups de patin à reculons. Je lui fais un signe de la main, sans plus. Il est en sueur : ses cheveux sont plaqués sur son front. Il a aussi le souffle court ; sa poitrine monte et descend rapidement. Il me regarde pendant plusieurs secondes, puis il serre ses doigts sur son bâton. Ses jointures deviennent blanches ! Je me demande si c'est une bonne idée de lui parler…

— Ça va ? m'informé-je finalement.

Jacob crispe la mâchoire. OK, j'ai compris : ça ne va pas.

L'adolescent se replace en position de tir. Une pauvre rondelle subit ses foudres. Elle frappe la bande, rebondit et termine doucement sa course contre le bout de mon patin.

— La vie, c'est de la merde ! lâche Jacob en se tournant vers moi.

Ouille ! Je ne l'ai jamais vu dans une telle colère, même lorsqu'il perd au hockey ! Ou quand son père lui fait honte dans les gradins. Je pourrais craindre son humeur et le laisser à ses rondelles. Pourtant, c'est plus fort que moi, j'avance vers lui. Il laisse tomber son bâton, qui glisse quelques mètres sur la glace luisante comme un miroir. Puis Jacob passe devant moi. Le bruit de ses lames sur la surface gelée résonne. D'un mouvement semblant facile pour lui, il s'assoit sur la bande, là où il n'y a pas de vitre devant le banc des joueurs.

Je le rejoins. À la force de mes bras, je parviens à me hisser à ses côtés.

— Sais-tu ce que mon père a fait ? crache Jacob avec rage.

Je croise les pieds. Les lames de mes patins cognent contre la bande, provoquant un bruit sourd. Ma main est juste à côté de celle de Jacob. J'ai envie de la toucher! Peut-être que ça le calmerait… Trop tard! Dans un geste vif, il repousse les cheveux humides collés sur son front.

— Euh… non! Quoi?

Je pince les lèvres. *Menteuse, tu le sais parfaitement.*

— Il s'est débarrassé de mon iPod!

Je manque de tomber sur la glace.

— Vraiment…? bredouillé-je.

— Tu as bien compris! Il l'a vendu à un magasin de trucs électroniques.

— Ah bon!

Ouf! Une chance que Jacob est fâché contre son père, car il ne remarque pas mon peu d'expression. Malaise… Je suis incapable de mentir! Ça paraît sûrement dans ma face que je sais la vérité. Je devrais commencer à m'exercer pour le théâtre, faire semblant d'être aussi outrée que lui. *Non mais ça ne se fait pas, vendre l'iPod de son fils comme ça, sans rien lui dire…*

— Et ce n'est pas le pire!

Je frissonne.

— Ah non?

— Il n'a pas réinitialisé l'appareil. Quelqu'un a acheté mon iPod avec mes photos et mes vidéos dedans! Par chance, la fille m'a écrit et elle va m'envoyer mes affaires… J'y tiens! Tu te rends compte: quelqu'un regarde mes photos et écoute ma musique! Elle a même pu lire mes courriels avant que je modifie mon mot de passe.

Je dois battre des cils pour refouler l'eau qui monte à mes yeux. Je savais que Jacob serait content de recevoir les photos se trouvant dans l'iPod. J'ai bien fait de les lui envoyer ! En revanche, il a raison d'être fâché que quelqu'un fouine dans ses affaires. Il y a l'histoire d'une vie dans nos iPod – comme Emma me le répète sans arrêt ! Tout est là : notre musique, nos relations, nos photos, la liste de nos boutiques de vêtements préférées, les films que nous voulons voir… Perdre cet appareil, c'est horrible, mais apprendre que quelqu'un a accès à toutes nos informations, c'est atroce.

Jacob poursuit sur sa lancée :

— Je suis même allé au magasin pour savoir à qui l'appareil avait été vendu ! Mais il n'était pas dans l'ordinateur…

Normal. Étienne a sans doute donné l'iPod directement à ma mère au restaurant entre deux cafés.

— C'est «plate», ça…

Ark ! Je viens vraiment de dire ça ? *Merde.* J'ai le goût de me frapper le front sur la glace. *Allez ! Un peu de compassion, Iris.*

— Mais c'est épouvantable ! m'exclamé-je avec plus de vigueur. Pourquoi a-t-il fait ça ?

— Figure-toi que mon père m'a offert un beau iPhone 6 quand j'ai piqué ma crise !

Un cellulaire ? Wow ! C'est un gros cadeau ! Et le dernier modèle, en plus. Tous les ados aimeraient en recevoir un. Mais Jacob devra compter beaucoup de buts pour pouvoir le garder. Pauvre lui ! Je crois qu'il pense justement à la même chose, car ses épaules se courbent.

— En tout cas… excuse-moi, souffle-t-il. C'est une mauvaise journée.

— Une mauvaise journée pour moi aussi…

— Ah oui ?

— Comme je ne pourrai pas participer à la compétition à Terrebonne…

— Ta mère t'a confisqué ton iPod ? me coupe Jacob.

— C'était la conséquence initiale, mais elle m'a proposé autre chose… Je peux garder l'appareil si je me joins à la troupe de théâtre.

Jacob sourit pour la première fois de la soirée.

— Super ! C'est une bonne nouvelle. Tu es excellente !

Il fait partie de ceux qui essayent de me convaincre de m'inscrire depuis qu'ils ont vu mon match d'improvisation.

— Non, ce n'est pas une bonne nouvelle ! Je tiendrai le rôle principal dans la pièce de théâtre !

Et j'aurai un partenaire de jeu exécrable ! Je grince des dents en pensant à la face à claques de Benoît Giguère.

— Encore mieux ! s'exclame Jacob. C'est quoi, la pièce ?

— *Cendrillon*.

Je me mords les lèvres. Jacob fronce les sourcils. Zut ! Vient-il d'établir un lien avec la fille qui lui écrit sur Internet sous le même nom ? Mais pourquoi ai-je parlé de ça ? !

— Bon, on retourne patiner ? dis-je en me laissant glisser sur la surface.

Jacob me rattrape en quelques coups de patin.

— J'espère que mon père ne t'a pas trop découragée, hier… C'est un superficiel fini !

Je souris, contente que mon compagnon ait changé de sujet. Nous tournons sur la glace au même rythme, c'est-à-dire lentement.

— J'ai remarqué… C'est étrange de le voir avec ma mère.

Jacob se met à patiner à reculons afin de me faire face.

— Ne t'inquiète pas. Leur histoire ne devrait pas aller très loin. Mon père en a plein les bras avec son divorce ; il a d'autres chats à fouetter. Dommage, car j'aimerais bien t'avoir comme demi-sœur !

Pourquoi suis-je déçue qu'il me voie comme une sœur ? Le cœur serré, je le regarde s'éloigner…

# 17
## Une visite chez Marie-Jade

J'enlève mes patins en vitesse et je me sauve avant que Jacob ait terminé ses exercices !

— Après notre séance sur la glace, je te rejoindrai devant la machine distributrice ! m'avait-il lancé.

— D'accord. Et je prendrai le dernier thé glacé !

Il avait ri. Je m'étais sentie tellement mal que j'en ai encore des crampes au ventre. Comment rigoler avec lui alors que je lui mens ? Avant mon départ, j'étais donc passée devant la machine distributrice, où j'avais acheté un jus d'orange.

Je lui dirai que j'ai oublié, que j'ai eu une urgence…

Mon jus à la main, je zigzague rapidement entre les piétons. La plupart sont des mamans avec une poussette ou des vieillards avec leur canne. Ça me fait penser que je n'ai pas vu madame Leclerc depuis plusieurs jours. J'irai la voir pour vérifier si elle va bien. La dame habite seule avec son chien dans un appartement au sous-sol de la maison située devant celle de Jacob. Ce sera un prétexte pour aller boire un bon verre de limonade sucrée et manger des biscuits maison ! Mais pas maintenant. Je me dépêche de filer devant la maison des Cloutier avant que Jacob me rattrape. Il court vite !

— Iris !

Je lève la tête en cherchant des yeux qui vient de m'interpeller. C'est une voix de fille. Marie-Jade me fait un signe de la main dans la porte d'entrée. Sa maison est sur mon chemin.

— Tu veux venir faire un tour ? m'invite-t-elle. Ça fait longtemps !

Je m'arrête en bas des marches du perron. C'est vrai que ça fait longtemps. Elle avait toujours mieux à faire : voir ses nouvelles amies, son chum, aller à ses cours de chant… Jetant un coup d'œil sur ma droite, je vois Jacob tourner le coin de la rue. Il m'a vue : il accélère le pas. *Merde !* En vitesse, je grimpe l'escalier.

— OK ! lancé-je à Marie-Jade. Mais je ne resterai que quelques minutes.

Mon amie exécute une petite danse de la joie. En me faufilant à l'intérieur, je la bouscule car je veux me cacher de Jacob. Mmm ! Ici, ça sent toujours la cannelle – une odeur que j'adore.

— Viens, enlève ton manteau ! s'excite Marie-Jade.

La porte se referme dans mon dos. Nous nous tenons l'une en face de l'autre. Je reconnais les lieux ; rien n'a changé. Le crochet pour suspendre ma veste semble même m'attendre. Comme je le faisais toujours, je place mes souliers contre le mur, puis je touche le nez humide de Zorro, le chat. Il est tout noir avec une tache blanche autour des yeux. On dirait le masque de Zorro. Cependant, lorsque je regarde Marie-Jade, je constate qu'il n'y a plus grand-chose qui subsiste du temps où on nous appelait les jumelles de la rue des Coteaux. Elle porte une coupe dégradée et ses cheveux sont parsemés de mèches rouges… Elle a du mascara sur les cils et du *gloss* sur les lèvres. Ils sont loin, les jours où on jouait à la Barbie dans sa chambre. Elle possédait le château et des tonnes de vêtements pour les poupées.

La chambre de Marie-Jade est maintenant peinte d'un bleu métallique et les murs sont tapissés d'affiches de Taylor Swift. Les murs rose bonbon sont chose du passé, eux aussi. Elle est chanceuse, car moi j'endure encore ma tapisserie avec des nuages ! *Son règne achève.* Mon amie s'assoit sur son lit. Je prends ma place habituelle sur la chaise de bureau. Ça me fait tout drôle d'être ici…

— Alors, ta super nouvelle meilleure amie sort avec ton frère ?

Toute l'école le sait sûrement déjà. Marie-Jade gratte le vernis sur le bout de son ongle. Je me rends compte qu'elle porte un soutien-gorge noir sous son chandail blanc… Moi, je suis encore plate comme une crêpe. Je revêts des camisoles de sport par principe.

— Oui, il paraît…, marmonné-je.

— C'est dommage. Elle aura moins de temps pour toi.

Je hausse un sourcil. Marie-Jade s'inquiète pour moi, maintenant ? Probablement pas, car son ton est baveux. Elle est contente que je me retrouve seule le soir devant la télé ? J'ai envie de lui lancer que les filles ne sont pas toutes comme elle. D'habitude, les gens n'oublient pas leurs amis parce qu'ils sont en couple ! Je me tais, puisque le débat n'en vaut pas la peine.

— Laurent m'a ignorée encore aujourd'hui, soupire-t-elle. Franchement, il est bébé ! Il pourrait me dire bonjour… Mais non, il fait semblant de ne pas me connaître ! Idiot…

Voilà, c'est reparti! Laurent, encore Laurent et toujours Laurent. Elle passait son temps à parler de lui lorsqu'ils sortaient ensemble. Maintenant qu'ils sont séparés, c'est la même histoire. Ses nouvelles amies ne sont pas disponibles pour l'écouter? Ou peut-être sont-elles fatiguées, elles aussi, de l'entendre radoter?

J'aurais aimé avoir l'occasion de placer deux mots dans la conversation. J'aurais alors pu me plaindre de Benoît Giguère, que je devrai côtoyer trop souvent à mon goût. Ça me flanque la trouille, même si j'ai bien l'intention de ne pas le laisser paraître. Mon problème me semble tellement plus grave que les préoccupations de Marie-Jade au sujet de son ex. Impossible de l'arrêter. Je jette un œil à ma montre. Je lui laisse huit minutes. Après, je déguerpirai. Jacob sera rentré chez lui. Et puis Emma passera chez moi ce soir. Elle et moi, nous commencerons à enlever le papier peint sur les murs de ma chambre. Elle a regardé des vidéos sur YouTube pour savoir comment s'y prendre. Selon elle, ce sera facile. Moi, ça m'inquiète un peu! J'ai aussi très hâte de voir si Weeze a répondu à mon message. Je veux savoir où il a obtenu mon adresse électronique. Et je lui demanderai si nous nous sommes croisés aujourd'hui.

# 18
## Le massacre de la tapisserie

Finalement, j'avais donné six minutes à Marie-Jade, pas une seconde de plus. En si peu de temps, elle avait prononcé le nom de Laurent au moins vingt fois. Je n'en pouvais plus. J'avais décidé de partir avant de faire une indigestion. Je lui avais dit qu'on redécorait ma chambre et que j'avais du travail à faire. Elle s'était offerte pour m'aider à déplacer les meubles. *Trop gentille.* Une autre fois, peut-être !

Parvenue chez moi, je grimpe l'escalier avec une certaine déception. La maison est plongée dans le noir. Zut ! Ça veut dire qu'il n'y a personne. Ma mère travaille et mon frère… euh… J'ignore où est Sam. J'espérais qu'Emma serait arrivée. Elle paraissait si contente de m'aider à arracher ma tapisserie laide. Dans sa tête, elle a déjà élaboré le plan de la nouvelle décoration ! Le lit changera de place, les murs seront peints en rouge, on installera un rideau blanc… Wô ! Minute, ma chouette ! Mon budget est dans le très limité. Limité comme dans ramasser les fonds de contenants de peinture à la cave, les mélanger et souhaiter obtenir une couleur qui ne donnera pas trop la nausée.

Je sors ma clé toujours cachée au fond d'une poche de mon sac de patins. C'est silencieux à l'intérieur. La porte claque. Comme d'habitude, je pousse du bout du pied quelques souliers traînant sur le tapis de l'entrée. Chaque fois, je manque de tomber en marchant dessus !

Mon manteau encore sur le dos et le sac de patins gisant à mes pieds, je prends mon iPod pour écrire à Emma.

Iris

> Je suis arrivée à la maison. Je t'attends!

Habituellement, elle me retourne un pouce levé vers le haut et traverse la rue en moins de deux! Sa réponse tarde… Oh! J'ai un message de Jacob.

Jacob

> Salut! Je t'ai gardé le dernier thé glacé. Bonne soirée! xx

Je déglutis. Jacob est trop gentil… Je me sens mal d'avoir quitté l'aréna en sauvage, tantôt. Moi, j'aurais boudé pendant des jours s'il m'avait fait ce coup-là. Lui, il n'est même pas fâché que je me sois sauvée. En plus, il s'est souvenu que je raffole du thé glacé. On dirait que la machine distributrice n'en contient jamais lorsque je m'y attarde. Je dois souvent me contenter de jus d'orange avec pulpe.

Iris

> Merci pour le thé glacé. ☺ Désolée de ne pas t'avoir attendu… Ce soir, on arrache la tapisserie de ma chambre. Un massacre à mes nuages de bébé!

Ouais, c'est bien beau, vouloir redécorer ma chambre, mais je ne ferai pas ça toute seule. Je commence par quoi?

Gratter le papier peint avec mes ongles? Et il y a plus urgent! Le cœur battant, je me connecte au courriel de Cendrillon. Je suis fébrile, ce qui est complètement ridicule. Sandman n'est que Jacob. Pourtant, c'est différent: lui ne sait pas qu'il s'adresse à moi.

Oh! Il y a du nouveau.

**De:** Sandman
**À:** Cendrillon
**Objet: Re: Re: Fichiers**

Allô,

Merci pour les vidéos!

Il y a aussi un dossier nommé «Chansons» dans les documents. Peux-tu me l'envoyer?

Sandman

Je trouve le dossier en quelques clics. Pourquoi ne l'avais-je pas vu avant? Je croyais avoir fait le tour des fichiers! C'est une vraie mine d'or: il y a une dizaine de textes de chansons. Les titres plutôt sombres piquent ma curiosité: *Pour toi, Maudite vie, Je te demande pardon...* Je me promets de tout lire plus tard.

**De:** Cendrillon
**À:** Sandman
**Objet: Re: Re: Re: Fichiers**

Voilà! Est-ce toi qui as écrit les chansons?

Cendrillon

Si, effectivement, Jacob a composé les textes, je serai encore plus impatiente de les parcourir.

J'ai chaud. Je m'aperçois alors que je porte encore mon manteau et ma tuque. Et mes bottes! J'étais trop concentrée. Avant d'avoir un iPod, je riais d'Emma lorsqu'elle fonçait dans les poubelles en marchant sur le trottoir parce qu'elle gardait les yeux rivés sur son écran. Ça lui arrive de s'immobiliser pour répondre à un texto. Ça me tombait sur les nerfs et je lui répétais qu'il y a une vie à côté de ce minuscule appareil. On l'oublie parfois… Maintenant, je comprends mieux son comportement, car je suis atteinte du même trouble! Je suis parfois si absorbée par ce qui se passe dans l'iPod que plus rien d'autre n'existe. Je n'entends plus, je ne vois plus; je suis un zombie fixant un écran.

Je me déshabille. Il n'y a rien pour le souper, à part des lasagnes à faire réchauffer. C'est mon mets préféré, mais en manger pendant toute une semaine, ça écœure. Je suis rassasiée pour la prochaine année! J'attrape une pomme dans le plat de fruits sur le comptoir.

Ding.

Ce son agit maintenant comme une drogue sur moi. Quand je l'entends, une lumière se met à clignoter en rouge dans ma tête: «Iris, tu as un nouveau message… Iris, tu as un nouveau message…» Aussitôt, je lâche tout pour aller voir qui vient de m'écrire! Une fois, j'étais dans la douche. Les cheveux pleins de savon, j'avais étiré le bras pour regarder l'écran. Moi-même, je m'étais jugée ridicule d'être si pressée! C'était seulement Emma qui m'envoyait des bonshommes sourire – ce qu'elle fait tout le temps pour plaisanter. Je croque dans ma pomme, j'oublie la destruction de la tapisserie qui n'est même pas encore commencée et je reporte mon attention sur mon iPod.

Jacob

> Fais-moi signe si tu as besoin d'aide pour la peinture... On se voit à l'aréna demain matin?

Iris

> Non, j'ai du THÉÂTRE. Mais l'après-midi, j'irai à ton match.

Les coudes sur le comptoir, je mastique de grosses bouchées de ma pomme. Demander à Jacob de peindre les murs de ma chambre? Euh... non! Mais aller le voir jouer au hockey sera une façon de me faire pardonner de l'avoir fui ce soir...

Jacob

> Commencerais-tu à aimer le hockey? 😬

Iris

> Jamais! 😬

Cela peut paraître irréel de me voir assister à une partie de hockey. J'ai tellement détesté ce sport. Cependant, lorsque Jacob est sur la glace, c'est magique, et je me laisse prendre au jeu. Je me surprends à le suivre des yeux, à l'encourager, à grimacer quand un plus gros le frappe contre la bande, à espérer qu'il marque un but. Je ne peux donc pas prétendre que j'aime le hockey. La vérité, c'est que j'aime regarder Jacob jouer au hockey. C'est différent!

Ding. C'est Emma! Enfin!

**Emma**

 Tu m'attends pour quoi?

Je passe près de m'étouffer avec ma bouchée. Je manque d'air au moins trois secondes; un morceau de pelure est resté coincé dans ma gorge… Je me mets à tousser. Mon amie est tombée sur la tête ou quoi?

**Iris**

 Youhou! Pour le massacre à la tapisserie aux nuages de bébé dans ma chambre, qu'on veut peindre en rouge framboise. Remember?

Elle ne peut pas avoir oublié. Après tout, c'était son idée! L'amour rend idiot, mais, à ce que je sache, il ne fait pas perdre la mémoire. Je tape du pied en attendant sa réponse. C'est long! J'ai le temps de gruger le cœur de ma pomme avant que ma copine me revienne.

**Emma**

 Ah… ça! Peut-être plus tard? Je suis au Tim Hortons avec Sam. ☺

Je lance le trognon de ma pomme dans la poubelle. Je ne suis même pas fâchée. Non, j'ai plutôt de la peine. C'est bien ce que je pensais: les gens deviennent stupides en amour. C'est une drogue encore plus puissante que la dépendance aux jouets électroniques! Plus rien n'a d'importance; ils sont centrés sur leur petite bulle de bonheur… Ma meilleure amie sort avec mon frère depuis moins d'une semaine et je suis déjà évincée. Mes affaires sont moins importantes qu'un beigne au chocolat chez Tim Hortons! Tant pis! J'enlèverai moi-même le papier peint de ma chambre. Je n'ai besoin de personne.

Je soupire. Bon, je veux bien, mais j'ignore comment procéder. Je tape «Enlever de la tapisserie» sur Google. Certains produits chimiques font des miracles. La vapeur peut aussi convenir.

Je sors la bouilloire.

# 19
## Fini les nuages blancs

Une fois dans ma chambre, la bouilloire fumante à la main, je me sens idiote. Avant de penser à retirer la tapisserie, je dois déplacer les meubles. Il faut de l'espace pour travailler ! Ensuite, je devrai enlever tout ce qu'il y a sur les murs.

Ding.

Un message vient d'arriver ! Je dépose la bouilloire sur le coin de mon bureau. Ouf ! Il fait chaud à côté d'elle… Dans le miroir, je vois que mon visage est rouge. C'est à cause de la vapeur.

**De :** Weeze G.
**À :** Iris Lépine
**Objet : Ton adresse**

Une fille de ta classe m'a donné ton adresse… Je ne connais pas son nom. Elle a les cheveux bruns et des mèches rouges.

Weeze

La bouche entrouverte, je fixe l'écran. Weeze parle de Marie-Jade, j'en suis certaine. C'est la seule fille de la classe qui a des mèches rouges. D'ailleurs, elle n'arrête pas de se vanter qu'elle les a teintes elle-même. Je pourrais lui demander de m'en faire des blondes… Bref, quand je l'ai vue tantôt, elle ne m'a pas dit qu'elle avait donné mon adresse électronique à un garçon.

**De :** Iris Lépine
**À :** Weeze G.
**Objet : Re : Ton adresse**

Je vois très bien de qui il s'agit…

Dis-moi, est-ce qu'on s'est croisés aujourd'hui ?

Iris

La vieille bouilloire crache de l'eau qui dégouline sur mon bureau, et mon travail d'arrachage de tapisserie n'avance pas… Mais ce n'est pas grave, car il y a une urgence à régler. Je finirai bien par savoir qui est ce fameux Weeze ! Si Marie-Jade le connaît, bientôt j'en aurai le cœur net.

**De :** Iris Lépine
**À :** Marie-Jade Pelletier
**Objet : Mon adresse**

Est-ce qu'un gars t'a demandé mon adresse courriel cette semaine à l'école ?

Iris

J'attends quelques minutes dans l'espoir d'une réponse rapide… *Allez, Marie-Jade ! Dis-moi qui est le gars qui m'écrit depuis deux jours !* En plus, Sandman ne s'est pas manifesté auprès de Cendrillon. OK ! Je n'ai plus d'excuses : vite, au travail ! Je laisse l'iPod à portée de main sur mon lit pour ne rien manquer. Je retrousse mes manches, puis je tire mon bureau et débranche les fils. Avec soin, je dépose mes médailles sur un cintre que je glisse dans la garde-robe. Elles sont précieuses pour moi, alors je ne veux pas une seule goutte de peinture dessus! Mon lit est l'objet le plus difficile à déplacer; la base est lourde! Je pousse un bon coup, mais rien ne bouge et je me retrouve sur les fesses. Bon… Les bras forts de Sam devront venir à la rescousse. Je finirai par ce côté-là. Je décolle mes deux affiches de Joannie Rochette et celle du film *Nos étoiles contraires*.

Grimpée sur une chaise, la bouilloire dans une main et un couteau à beurre dans l'autre, j'attaque ma tâche avec détermination! Il paraît que la vapeur fait décoller le papier… Peut-être, mais pas si on gratte avec un couteau à beurre. Cela prendra un temps fou.

Ding.

Je soupire avant de sauter en bas de la chaise. Merde! J'ai trop incliné la bouilloire; j'ai failli m'ébouillanter la main! Je me précipite pour voir le message qui vient d'arriver.

**De :** Marie-Jade Pelletier
**À :** Iris Lépine
**Objet : Re : Mon adresse**

Euh… non, je n'ai pas donné ton adresse!

Marie-Jade

Eh bien, c'est vraiment étrange…

Ding.

**De :** Weeze G.
**À :** Iris Lépine
**Objet : Re : Re : Ton adresse**

Oui, nous nous sommes croisés…

Weeze

Mon correspondant ne donne pas beaucoup de détails. L'école est grande et il y a bon nombre d'élèves. J'ai pu le rencontrer n'importe où : dans les couloirs, à la cafétéria, au gymnase… Alors c'était peut-être bien son nom que j'ai entendu lorsque j'étais dans le bureau de monsieur Denis. Oui, c'est sûrement ça ! Zut ! J'étais si près de lui ! J'oublie ma tapisserie et sors le grand carton blanc rangé sous mon lit. Dessus, Emma et moi avions dressé un tableau ; nous y avions noté les indices devant nous aider à découvrir qui était Sandman. Au verso, je dessine un autre tableau.

| Surnom :<br>Weeze | Secondaire 3 | A eu mon adresse par une fille de ma classe |
|---|---|---|
| Ne connaît pas Sam | | |

**De :** Iris Lépine
**À :** Weeze G.
**Objet : Ton look**

Est-ce que tu peux me dire à quoi tu ressembles physiquement?

Iris

**De:** Weeze G.
**À:** Iris Lépine
**Objet: Re: Ton look**

J'ai les cheveux noirs et les yeux bruns. Je suis assez grand. J'aime bien notre jeu de devinettes. ☺

Écris-moi encore, SVP!

Weeze

Moi, les devinettes, ça m'obsède. Je ne lâche pas le morceau tant que je n'ai pas trouvé la réponse! Cheveux noirs, yeux bruns... La description physique de Weeze correspond à celle de plus de la moitié des garçons de l'école. Je ne suis pas plus avancée!

**De:** Iris Lépine
**À:** Weeze G.
**Objet: Re: Re: Ton look**

Quels sont tes passe-temps?

Iris

**De:** Weeze G.
**À:** Iris Lépine
**Objet: Re: Re: Re: Ton look**

Planche à roulettes, musique, cinéma, basketball...

Weeze

| Surnom: Weeze | Secondaire 3 | A eu mon adresse par une fille de ma classe |
|---|---|---|
| Ne connaît pas Sam | Cheveux noirs, yeux bruns, grand | |
| Aime le cinéma, la musique, la planche à roulettes, le basketball. | | |

Oh! La bouilloire sue! Les gouttes d'eau glissent sur mon bureau en bois, puis sur le carton… Je les essuie avec ma manche. Assise par terre devant le tableau, j'appuie mon dos contre le lit. Je ne peux me sortir ce Weeze de la tête. Qui est-ce? Je n'aime pas qu'il m'observe à mon insu. À l'école, je surveille tous mes gestes, ne mets pas le doigt dans mon nez, ne replace pas mes bobettes… J'ai toujours peur qu'il soit en train de me regarder. Puisque ce mystérieux garçon semble vouloir me donner des indices, je réfléchirai à ma prochaine question pour lui tout en travaillant!

Je suis déterminée à remodeler ma chambre, mais avec un couteau à beurre et une bouilloire qui transpire, j'en aurai pour la nuit à gratter la tapisserie. Mais ce n'est pas grave, car je suis prête à tout! Moi aussi, je veux une vraie chambre d'adolescente. Avec des coussins colorés sur mon lit et des murs d'une couleur tendance! Emma avait plein d'idées, mais je me fais aussi un plan de la décoration que j'aimerais, même si je devrais plutôt être en train de lire le texte de la pièce de théâtre…

Dans mon reflet déformé sur la bouilloire, je suis obèse et j'ai les yeux croches. Je me fais une grimace juste pour le plaisir de voir ma drôle de tête. Ouf ! Une chance que personne ne me voit faire mes niaiseries…

Soupir.

Je relance Emma :

Iris

> Rapportez-moi des Timbits ! Ma tapisserie vous attend… Allez !

Emma

> D'accord pour les Timbits ! Mais pas tout de suite, car on va voir une comédie au cinéma !

QUOI ? C'est Emma qui m'avait convaincue de redécorer ma chambre, que c'était possible de tout faire nousmêmes sans que ça coûte un bras et une jambe à ma mère. Elle avait sorti tous ses arguments. J'avais fini par accepter, car je n'en peux plus de ma tapisserie aux nuages. Je suis à bout ! Maintenant que je suis impatiente de commencer, elle m'abandonne pour aller visionner un film nul au cinéma avec mon frère ? Sam aura droit à toute une crise de ma part ! Il connaissait nos plans pour la soirée, à mon amie et moi ! Et Emma n'aime pas les comédies, à moins que le mot *romance* figure dans le titre.

Tant pis ! Je n'ai pas besoin d'eux. Je songe à accepter l'offre de Marie-Jade et à lui demander de venir m'aider.

Mais juste l'idée de l'entendre parler de son Laurent me déprime... Armée de mon couteau et de la bouilloire, je me lève au moment même où un message entre dans ma boîte courriel... ou plutôt dans celle de Cendrillon.

**De :** Sandman
**À :** Cendrillon
**Objet : Chansons**

Oui, je joue de la guitare et je compose des textes à temps perdu...

Sandman

Je passe les quinze minutes suivantes à lire les textes des chansons dans le fichier. La bouilloire refroidit près de moi. Les mots de Jacob sont à la fois beaux, touchants et très noirs... Il souffre, c'est évident !

**De :** Cendrillon
**À :** Sandman
**Objet : Re : Chansons**

OMG ! Très touchants, tes textes... Je n'ai pu m'empêcher de les lire.

Cendrillon

**De :** Sandman
**À :** Cendrillon
**Objet : Re : Re : Chansons**

Si tu fouilles minutieusement dans l'iPod, tu trouveras la version musicale quelque part...

Bonne écoute !

Sandman

Il n'en faut pas plus pour que j'abandonne mon projet de décoller le papier peint. Plus rien ne compte, je dois entendre les chansons ! Je dormirai dans une autre vie, s'il le faut, mais je ne lâcherai pas mon iPod tant que je ne les aurai pas trouvées. Encore assise sur le sol, j'appuie sur les documents, les images, les fichiers. Je ne vois rien ! Énervée, je continue de chercher. Je suis sur le point de perdre patience lorsque je m'arrête pour réfléchir. *Respire, Iris ! Où un gars comme Jacob Cloutier classerait-il des fichiers importants ?*

Ah ! J'ai une idée ! J'ouvre Facebook. Pourquoi ne pas aller à la source ?

Iris

> Salut, Jacob ! Je ne m'en sors pas avec ma tapisserie, mais ça, c'est une autre histoire. J'ai une question pour toi : où les gars rangent-ils leurs documents importants sur un iPod ?

Aussitôt le message envoyé, j'ai un doute. J'ai la mauvaise habitude d'écrire sans voir plus loin que le bout de mon nez. Jacob pourrait faire le lien avec Cendrillon. Bah ! Emma dit toujours que les gars ne remarquent jamais les détails… J'espère que c'est vrai !

Je quitte l'iPod des yeux quelques secondes. Quand mon regard se pose de nouveau sur l'appareil, j'ai déjà une réponse ! Ah non ! Ce n'est pas Jacob, mais Marguerite Lafleur[2].

---

2. Pour connaître toutes les aventures de Marguerite Lafleur, procure-toi la série *Le Club des Girls* de Catherine Bourgault.

**OMG!**

**Marg**

Salut, Iris! Sais-tu où est Emma?

**Iris**

Pff! Elle est au cinéma avec mon crétin de frère!

**Marg**

Ah oui? On devait se téléphoner ce soir. Elle a dû oublier...

**Iris**

Elle devait aussi m'aider à enlever ma tapisserie!

**Marg**

Ta tapisserie?

**Iris**

Je refais la déco de ma chambre!

**Marg**

Oh! Super! Mais n'attends pas après Emma, dans ce cas. Quand elle est en amour, plus rien d'autre n'existe...

**Iris**

Ouais! J'ai bien vu ça...

Marg

Elle devait venir me visiter le week-end prochain à l'Île-Ville. Mais il paraît que Samuel lui a proposé autre chose...

Emma a annulé un séjour à l'Île-Ville, où elle aurait revu son amie ? Tout ça à cause de mon frère ? Ouf ! La situation est plus grave que je le pensais. Selon toute apparence, je devrai me débrouiller seule avec ma tapisserie...

# 20
# Confidences de Sandman à Cendrillon

Pendant ce temps, Jacob fixe l'écran de l'ordinateur, ses longues jambes croisées sous la table. À côté de lui, un restant de *grilled cheese* refroidit dans une assiette. Il n'en a mangé que trois bouchées. Il est trop occupé à correspondre avec Cendrillon, cette fille qui, de toute évidence, a son iPod. Trouvera-t-elle ses chansons ? Jacob en doute. Pour y arriver, elle doit ouvrir le site YouTube et aller dans les favoris. C'est là qu'il a publié des vidéos de lui en train de chanter ses compositions. L'enregistrement a été réalisé avec l'iPod posé sur le coin de son bureau. La qualité est nulle, mais ce n'était pas le but recherché. Il voulait seulement pouvoir écouter ses chansons… de temps en temps. Il n'avait même pas partagé les vidéos en mode public.

Et si elle parvient à les entendre, ce ne sera pas très grave, car elle a déjà lu les textes. Jacob n'est pas le meilleur musicien, il n'a pas la plus belle voix en ville, mais il a tout fait avec son cœur. Sa sœur aimait tellement l'écouter chanter. Elle lui demandait souvent de sortir sa guitare pour gratter quelques notes le soir après le souper. Juliette s'assoyait alors à un bout du canapé avec un doudou et le regardait en souriant. Ce sourire manque à Jacob un peu plus chaque jour…

Iris est en ligne sur Facebook. Hum! Cette fille est étrange. Jacob déteste avoir l'impression qu'elle le fuit sans arrêt. S'il fait un pas vers elle, elle recule de deux. Il croyait pourtant qu'elle l'aimait bien. Peut-être qu'il se trompe… Il passe son temps à se demander pourquoi elle se sauve! Il ne devrait pas insister autant, mais chaque fois qu'il la voit il se sent bien. Elle est belle et vive d'esprit. De plus, elle ne vit que pour le patin, tout comme lui avec le hockey! Dommage qu'une relation entre Étienne et Julie soit presque impossible, car Jacob aurait pu voir Iris beaucoup plus souvent.

Jacob

> Allô, Iris! Un document important? Je ne le classe nulle part; je me l'envoie par courriel! Et puis, l'arrachage de tapisserie, ça avance?

Iris

> Non. ☹ Mon amie m'a laissé tomber!

Jacob

> Si tu veux, demain, après le hockey, je pourrais t'aider.

Iris

> ☺

Jacob a repeint au complet la clinique de son père l'année dernière comme travail d'été. Neuf dollars de l'heure pour passer deux mois à quatre pattes ou dans un escabeau avec un pinceau, coincé entre deux chaises de dentiste, des comptoirs, des appareils de radiographie… Disons qu'il sait comment brasser un contenant de peinture! Il a failli faire une déprime à cause de la couleur, la même qu'on retrouve dans les corridors des hôpitaux: vert malade. Eurk!

Ding.

**De :** Cendrillon
**À :** Sandman
**Objet : Re : Re : Re : Chansons**

Je n'ai pas encore trouvé les chansons, mais la recherche m'amuse. Je poursuis !

Tu dois avoir vécu tout un drame pour écrire de tels textes, non ? C'est ta sœur, c'est ça ? Il y avait plusieurs photos d'elle dans l'iPod.

Cendrillon

Jacob doit se l'avouer, cette Cendrillon l'intrigue beaucoup. Il a même l'impression de discuter avec quelqu'un de sympathique. Ça se sent, ces affaires-là. C'est peut-être sa façon d'écrire ou les mots qu'elle choisit… L'adolescent ne se force jamais pour lui répondre ; tout se fait naturellement. Mais peut-être est-ce plus facile de se confier à une personne dont on ignore l'identité ? Une chose est sûre : peu importe qui est cette personne, elle le connaît déjà beaucoup en raison des informations contenues dans l'appareil.

**De :** Sandman
**À :** Cendrillon
**Objet : Drame**

Oui. Ma sœur est décédée à la fin de l'été. Merci pour les textes !

Sandman

Écrire des chansons a été la seule façon pour Jacob de se libérer des événements tragiques qui ont foudroyé sa famille. Ses parents n'ont pas su traverser ensemble

121

l'épreuve de la mort de Juliette ; ils se sont séparés le jour même des funérailles. Pouf ! Le cercueil n'était pas encore en terre que la petite famille parfaite que tout le monde enviait s'était évaporée. Sa mère avait sauté dans un avion pour essayer de refaire sa vie de l'autre côté de l'océan. Elle a promis à Jacob qu'ils se verront à Noël et pendant les vacances… Sinon il y a Skype ! En quelques jours, Jacob avait perdu sa sœur et sa mère. Il ne lui reste plus que son père, qui a peine à s'occuper de lui-même. Étienne lui interdit de prononcer le prénom de sa sœur et de parler d'elle. C'est un sujet tabou. Une chance qu'il a la musique pour évacuer son chagrin. Céleste Durand est aussi une bonne confidente. D'ailleurs, il l'attend d'un jour à l'autre. Elle est en ville ! Peu de temps avant sa mort, Juliette avait fait un échange étudiant avec cette fille, qui vit en France.

**De :** Cendrillon
**À :** Sandman
**Sujet : Re : Drame**

Elle est morte de quoi ?

Cendrillon

Jacob se passe une main sur le visage… Son cœur se met toujours à battre plus vite lorsqu'il repense à tout ça. Quelle horreur que de se remémorer ce douloureux souvenir… Le dernier regard de Juliette… Pourtant, Jacob y était presque, il touchait sa main. Il n'avait pas réussi à la retenir ! C'était une si belle journée ; un temps parfait, chaud et ensoleillé. Sa sœur et lui étaient de bonne humeur, ils avaient des plans pour la soirée. C'est bête, la vie. À l'exception de Céleste, Jacob n'a raconté la vérité à personne, pas même à ses parents.

**De** : Sandman
**À** : Cendrillon
**Objet : Re : Re : Drame**

Juliette est tombée d'une falaise en prenant un selfie ! C'est con, hein ? Et sais-tu le pire ? C'est ma faute ! Je trouvais le paysage beau et je lui avais dit que ça ferait une belle photo !

Désolé de t'emmerder avec ça. Mais tu comprends peut-être mieux pourquoi je veux retrouver mes photos d'elle…

Sandman

Il ne devrait sans doute pas avouer tout ça à… Cendrillon. Tant pis, il doit évacuer son trop-plein de rage. Parfois, son secret devient lourd à porter. Il faut tout de même être prudent… Pourrait-il aller en prison si on savait que c'est lui qui a incité sa sœur à s'approcher du bord de la falaise ? Sinon Juliette ne serait pas tombée ! En plus, il n'avait même pas été capable de la sauver…

Des coups à la porte de la résidence le ramènent sur terre. Jacob envoie son message avant d'aller répondre.

— Jacob ! s'exclame la visiteuse.

Céleste se tient sur le seuil, un sac à dos sur l'épaule et les cheveux ébouriffés. Le voyage a été pénible ! Jacob l'invite à entrer. La dernière fois qu'ils se sont vus, Juliette était avec eux ; ils avaient visité le Biodôme. C'est bizarre pour Jacob de se retrouver en tête à tête avec Céleste. Il s'était confié à elle dans de longs courriels, ils s'étaient parlé plusieurs fois au téléphone… Cette fille avait été une bouée de sauvetage pour lui qui coulait à pic, se débattant seul avec son malheur. La réalité est très différente du monde virtuel dans lequel ils ont l'habitude d'échanger. Céleste et Jacob sont plus réservés en personne!

D'un pas décidé, Céleste pénètre dans la maison. En voyant le sac de cette dernière glisser de son épaule, Jacob referme ses bras autour de la jeune fille, recevant ses cheveux en plein visage. Mais il a réagi trop tard, car le sac tombe sur le plancher luxueux.

L'étreinte s'étire, au grand malaise de Jacob. Il lui semble même que Céleste lui serre le cou un peu trop fort… Il essaie de se libérer. Il parvient à reculer juste assez pour voir le visage de la voyageuse. Oh! C'est quoi ce regard?

# 21

## Premier face à face avec Benoît Giguère

D'aussi loin que je me souvienne, le samedi matin, je me suis toujours levée tôt pour aller à l'aréna. Tôt comme dans «il fait encore noir». L'hiver, c'est pire ; le froid me glace le sang. Il faut vraiment être passionné par son sport pour sortir du lit de si bonne heure le week-end ! Je n'ai jamais protesté. Bon, il serait faux de dire que j'ai toujours envie d'abandonner le confort de mes couvertures chaudes. Mais une fois sur la glace, je suis contente. Pendant que tout le monde dort encore, je marche sur la pointe des pieds dans la maison, je lance mes patins dans mon sac en bâillant, je mange une rôtie au beurre d'arachide sur le bord du comptoir.

Aujourd'hui, ma routine est un peu différente. Je me lève à la même heure, mais pas pour la même raison. Oh que non ! Je noue mes cheveux en un chignon désordonné, puis je dépose le texte de la pièce de théâtre dans mon sac… Je m'en vais rejoindre la troupe à l'école. Et affronter Benoît Giguère. Cette nuit, j'en ai fait des cauchemars. J'avais un trou de mémoire pendant une représentation et il me regardait avec son sourire en coin détestable. Il ne m'aidait pas. Il était content que je me plante devant tout le monde !

Le cou enfoncé dans le col de mon manteau d'hiver, je marche tête baissée sur le trottoir. La ville dort encore, sauf quelques goélands et un joggeur qui vient en sens inverse. Je salue son courage par un sourire lorsqu'il arrive à ma hauteur. Entre sportifs, on se comprend ! Pour nous, la passion pour un sport est plus grande que nos envies de

OMG!

confort. Il n'y a pas beaucoup de personnes que je connais qui se lèveraient tôt un jour de congé pour aller courir dans le froid.

Entrer dans l'école un samedi matin, ça fait presque peur. La moitié des lumières sont éteintes et les autres clignotent comme dans les films d'horreur. Une odeur de désinfectant flotte dans l'air; le concierge est passé. Le groupe de Génies en herbe est rassemblé en cercle dans la grande salle. Les jeunes murmurent comme s'ils complotaient une attaque à la bombe… Je passe vite à côté d'eux. Ils ne me voient même pas. J'entends des cris au loin. Ça, c'est la gang de théâtre. Tout le monde est bien réveillé, on dirait. Le bruit des voix m'accompagne jusqu'au local. J'avance avec l'entrain d'une jument se rendant à l'abattoir – je me traîne les pieds.

Je passe la tête dans la porte. J'ai à peine le temps d'apercevoir Benoît, qui est dos à moi, et de me demander comment entrer dans la pièce sans me faire remarquer que quelqu'un s'écrie:

— C'est notre Cendrillon!

Tous les visages se tournent. Je fais un signe de la main. *Coucou.* Arf! Pour une apparition discrète, c'est raté. C'est Laurie, la fille avec qui j'étais en équipe lors du match d'improvisation, qui a annoncé mon arrivée. *Merci!* Elle semble contente de me voir débarquer. Évidemment, Benoît aussi m'observe. Ses cheveux noirs ont trop de gel; ils paraissent luisants sous les fluorescents. Je devrais lui dire que ce n'est pas très beau… Il plante son regard mesquin dans mes yeux. Aucun doute: il a le look parfait pour jouer le rôle du prince charmant avec ses traits lisses et ses épaules déjà carrées… Dommage qu'il soit si snob.

126

Comme s'il était plus important que tout le monde, il s'avance vers moi. Les autres s'écartent pour lui laisser le champ libre. Je fais tout pour ne pas baisser les yeux. Je lève même le menton pour lui montrer qu'il ne m'impressionne pas. *S'il savait...*

— Eh bien, voici la princesse ! J'espère que tu sais jouer !

Deux petites phrases de rien du tout et j'ai déjà le goût de lui tordre le cou. Il m'énerve ! Les autres nous fixent. Ils ont hâte de voir si je répliquerai au grand Benoît. *Comme si j'allais me gêner !*

Je prends un ton baveux :

— Ouais, je sais jouer. J'espère que tu seras à la hauteur.

Je suis moins sûre de moi que je le laisse paraître. Il faut avoir de l'attitude avec les gens comme Benoît ; sinon on se fait manger tout rond. J'espère qu'il ne se rendra pas compte que mon genou droit tremble un peu... Ce gars-là, je ne veux pas l'avoir sur le dos toute l'année. Alors aussi bien lui montrer tout de suite de quel bois je me chauffe ! Serait-ce l'ombre d'un sourire sincère que je vois sur ses lèvres ? Il semble satisfait de ma riposte. Tant mieux ! *Un à zéro pour moi !*

Laurie se glisse entre nous. Benoît s'écarte.

— Elle sera une Cendrillon parfaite ! C'est le *fun* que tu sois là, Iris ! Moi, je joue ta méchante belle-mère !

Elle est drôle avec ses sourcils froncés de belle-mère cruelle. Laurie ferait une bien plus belle Cendrillon que moi avec ses cheveux châtains et ses grands yeux bruns. Cette fille ressemble à un ange ; elle est délicate et gentille. J'espère qu'elle est bonne comédienne, car ce ne sera pas évident de croire à son rôle de marâtre. Paraît qu'une fois le costume enfilé, ça change tout. Je suis impatiente de voir si je me sentirai comme une princesse dans les robes de Cendrillon! Mais j'ai surtout hâte de porter les souliers de verre…

Planté derrière Laurie, Benoît m'examine. Il est si grand qu'il la dépasse d'une tête. Avant de tourner les talons, il marmonne quelque chose qui ressemble à : «Prépare-toi à suer. » Il n'y a plus seulement mon genou qui tremble… *Au secours!* De tous les garçons de la troupe qui auraient pu avoir le rôle, il fallait que ce soit lui qui l'obtienne. OK, les autres ne sont pas très beaux, mais ils auraient été plus fins!

Je crispe la mâchoire. Laurie me tapote le bras.

— Ne t'occupe pas de lui. Il veut juste attirer ton attention.

— Toujours aussi chiant, celui-là…, grogné-je.

Laurie hausse les épaules.

— Bah! Il se pense plus *hot* qu'il l'est. Il a une grande gueule, mais il n'est pas si pire que ça. En fait, il joue vraiment bien!

Super! J'ai le goût de me rouler en boule sous une table et de me ronger les ongles jusqu'au sang. Benoît joue vraiment bien? Laurie n'avait pas besoin d'en dire davantage pour me mettre la pression. Même si tout le monde jure que j'ai du talent, je n'ai aucune expérience sur scène. Je suis une débutante, alors comment arriverai-je à être à la hauteur d'un rôle principal? Cela paraît d'autant plus difficile avec un partenaire comme Benoît. Je ferai tout foirer et il aura une vraie bonne raison de rire de moi devant toute l'école!

Pendant que la panique me gagne et que je sue à grosses gouttes sous mon manteau, monsieur Denis entre dans la pièce en sifflant. Il s'arrête net en m'apercevant. Je suis encore sur le pas de la porte. *Je fixe une sortie de secours.* Je n'attends que le bon moment pour me sauver. *Bye-bye, les amis ! Cendrillon s'enfuit.* Je me demande si mon super prince charmant – Benoît – courrait pour me retenir…

Le professeur ouvre les bras comme s'il voulait me faire un câlin. Mais il ne s'approche pas de moi.

— Iris, tu es là ! Je me demandais si tu viendrais ! Hier, tu semblais hésiter.

*Monsieur, vous n'avez aucune idée à quel point j'hésite encore.*

— Je suis là…

Mais j'ai tellement le goût de déguerpir…

*Pense à ton iPod, Iris.*

Oh ! Oh ! Danger ! Les deux filles adossées contre le mur près de la fenêtre croisent leurs bras sur leur poitrine. L'une est blonde, l'autre est rousse. Elles ont une coupe de cheveux différente, mais leurs visages se ressemblent beaucoup. Sûrement des sœurs. Elles ne trouvent pas ça *cool* de voir monsieur Denis si content de ma présence dans la troupe. J'arrive sur leur territoire et je vole la vedette avec le rôle principal. En passant, si quelqu'un veut jouer Cendrillon, ça ferait mon affaire… Il y a une scène de bal où je dois danser avec Benoît, ce dont je me passerais fort bien. Je n'ai pas fini de faire des cauchemars !

— Allez ! Tout le monde sur la scène ! lance le prof en tapant dans ses mains.

Leur texte à la main, les élèves s'activent en rigolant. *Comme si ça allait être agréable.* Seules les deux sœurs bougonnent. Je me penche pour parler à l'oreille de Laurie.

— Elles sont toujours aussi bêtes, ces filles ? murmuré-je en pointant dans leur direction.

Laurie se met à chuchoter. Nous avons l'air de comploter dans le dos de quelqu'un. *C'est un peu ça…*

— Ce sont les jumelles Félicité et Carole-Anne… Elles voulaient toutes les deux le rôle de Cendrillon, mais monsieur Denis a insisté pour qu'elles jouent les belles-sœurs pas fines. Je pense que c'est en raison de leur apparence presque identique.

Voici donc Javotte et Anastasie. Elles me détestent déjà dans la vraie vie, alors ce sera crédible sur la scène. Même pas besoin de répétitions !

Sous leurs regards furieux, je dépose mon manteau sur un crochet avec ceux des autres. C'est mon premier cours de théâtre et j'ai déjà des ennemis : des jumelles qui m'en veulent et un prince fort désagréable. Yé !

Je suis le groupe jusqu'à l'auditorium… Qu'est-ce que je donnerais pour être à l'aréna en train de patiner ! Ma place est là-bas, pas ici avec ces gens… différents. Ils sont des artistes, ce qu'on remarque à leur couleur de cheveux flamboyante ou leurs vêtements bizarres. Moi, je suis une sportive. Je n'ai pas de mèches roses, ni de pantalon turquoise avec une ceinture jaune. Je n'ai même pas lu une seule ligne du texte. Je me dirige tout droit vers un désastre ! Hier soir, j'ai perdu deux heures à chercher les chansons de Jacob dans l'iPod. J'ai fouillé partout ! Elles ne sont nulle part. Ça m'obsède !

J'ai aussi gratté ma tapisserie sans grand succès. Je crois même que j'ai brisé la bouilloire, car elle ne chauffe plus. Et je me suis fait une ampoule sur le pouce avec le couteau à beurre ! Tout ça pour arracher un mètre carré de papier peint... Je ne sais pas à quelle heure mon frère est rentré. Je me suis endormie passé vingt-deux heures et il n'était toujours pas là. Le film était long... Emma a-t-elle la permission de sortir si tard ? Pas Sam et moi, en tout cas ! Je pourrais me venger de lui parce qu'il m'a volé ma meilleure amie pour la soirée en le « stoolant » à maman. Son couvre-feu est à vingt et une heure trente, pas une minute de plus. Il était en retard ! Bref, je m'étais couchée trop découragée pour faire la lecture de *Cendrillon*. Je crois que j'avais surtout peur de découvrir les répliques que j'aurais à dire à mon prince.

Justement, Benoît passe à côté de moi. Il heurte mon épaule. Mon paquet de feuilles s'éparpille sur le plancher... *Eh merde !* J'espère que le texte est paginé ; sinon j'en aurai pour la journée à démêler tout ça.

— Ça commence bien ! lance-t-il.

Grrr.

Les jumelles frustrées me regardent de travers. Elles marchent sur les feuilles au lieu de les ramasser. Laurie se penche pour m'aider.

— Relaxe, Iris. Ça va bien aller.

# 22

## Une répétition difficile

Texte à la main, les acteurs sont placés en cercle sur la scène. Certains sont couchés à plat ventre sur le plancher de bois, tandis que d'autres sont assis à l'indienne. Benoît est juché comme un roi sur un haut-parleur. Moi, je suis dans mon coin en train de remettre en ordre les pages de mon texte. Ouf! Heureusement, elles sont paginées! Je remarque au passage que Cendrillon a beaucoup de répliques... Plusieurs feuilles portent des traces de pas. Eurk!

Nous commençons à lire le texte à haute voix. Dans la première scène, je lave le plancher à quatre pattes avec une brosse. Cendrillon ne parle pas beaucoup. Elle écoute ses deux belles-sœurs se vanter, car elles iront au bal... C'est beau d'entendre mes nouveaux amis dire leurs répliques; leur intonation est toujours parfaite pour chaque situation. Ils ont déjà l'air heureux de se mettre dans la peau de leur personnage. Monsieur Denis, qui fait la narration, les encourage. Ça coule naturellement pour tous, sauf pour moi. Me retrouver dans les répliques me demande de grands efforts, alors pour ce qui est de transmettre de l'émotion, on repassera...

— Iris, c'est à toi, me rappelle le prof pour la deuxième fois.

— Ah oui? Euh...

Je réalise que le théâtre, ce n'est pas comme le patin. *Réveille, la grande! Ici, tu ne peux pas rêvasser tranquillement pendant que tu patines sur la musique.* Il me faut rester alerte, si je veux suivre ce que font les autres. C'est terminé, les petits films mignons qui défilent dans ma tête à tout instant; je dois me concentrer. Pendant que tout le monde attend que je repère ma réplique, je perçois des soupirs. *Oui, oui, je me dépêche!* Mes yeux cherchent sur la feuille, mais je ne vois aucun dialogue avec Cendrillon.

— On est à la page 15, m'indique Benoît sur un ton cinglant.

Malaise… Je ralentis tout le groupe. Je ne regardais pas au bon endroit; j'avais oublié de tourner la page… Je toussote.

— OK, désolée.

À mi-chemin du texte, Javotte – la jumelle rousse – explose. Je trouve que le prénom Javotte va à merveille à Félicité. Ramenant sa chevelure couleur de feu sur son épaule, elle s'adresse à monsieur Denis:

— Non, ça ne fonctionne pas! C'est mauvais! Vous auriez dû procéder à des auditions pour le rôle de Cendrillon au lieu de prendre la première venue. Et ç'aurait été plus juste pour tout le monde.

Je pince les lèvres, car ce n'est pas le moment de pleurer comme un bébé. Si je pouvais disparaître dans les craques du plancher, ce serait parfait. Javotte a raison: je suis une première venue, je n'ai rien à faire ici! Je croise le regard de Benoît.

— Il faut lui laisser une chance, déclare-t-il. C'est sa première répétition avec nous.

Je suis sous le choc. Les autres aussi, je crois. Benoît Giguère vient de prendre ma défense ? Euh… *What ?* On entendrait une mouche voler dans l'écho de l'auditorium. Quand Benoît parle, on l'écoute. D'ailleurs, Javotte baisse la tête, surprise et déçue de voir la grosse tête du groupe la contredire publiquement.

Monsieur Denis, qui a assisté à la scène sans intervenir, lance :

— On poursuit ?

Les élèves reportent leur attention sur leur texte. L'incident est clos. Javotte est bouche bée, mais pas autant que moi. Benoît ne me regarde pas. C'est dommage, car j'aurais aimé hocher la tête dans sa direction en signe de remerciement. *Trop aimable.* Pourquoi ai-je l'impression que ce garçon ne fait jamais rien gratuitement ? Je lui en dois une, je le sais.

## 23
# Après-midi à l'aréna

Dès que j'arrive sur le perron de l'école, j'inspire l'air frais avec joie. J'ai le sentiment d'avoir été enfermée dans un cachot pendant un siècle. J'exagère à peine. Même si l'auditorium est immense, j'étouffe sous les projecteurs. Pourquoi faut-il faire les premières répétitions sur la scène principale ? Un simple local de classe ferait l'affaire. Ce serait plus intime, moins intimidant. Mais non, monsieur Denis dit qu'il faut s'imprégner de l'endroit. La scène doit devenir notre deuxième maison ; nous devons nous y sentir aussi à l'aise que chez nous. Pff ! J'ai la bouche sèche d'avoir autant crié. Je ne maîtrise pas encore l'art de porter ma voix dans une grande salle sans forcer mes cordes vocales. Il paraît que ça s'apprend. En attendant, j'ai mal à la gorge.

Je me rends directement à l'aréna dans l'espoir qu'il reste un thé glacé dans la machine distributrice. Je n'ai pas le goût d'un jus d'orange ! Le match de hockey de Jacob est seulement dans une heure, mais pas question de retourner à la maison. Si je croise mon frère, je me disputerai avec lui. Et maman a sûrement vu le chantier dans ma chambre en se levant ce matin… Elle flippera encore une fois. Elle me répétera que ça coûte trop cher, qu'elle n'a pas d'argent à dépenser pour la décoration. Chaque automne depuis que j'ai l'âge d'écouter One Direction plutôt que la chaîne Yoopa, je lui lance l'idée de changer le look de ma chambre. Maman a toujours une bonne raison pour refuser. Souvent, c'est à cause de l'argent, mais parfois elle prétend qu'elle ignore comment enlever de la tapisserie. Toutefois, cette année, je suis déterminée à aller jusqu'au bout.

Dans le stationnement, les joueurs de hockey arrivent les uns après les autres avec leurs parents. Les papas ouvrent le coffre de leur voiture pour sortir l'équipement. Ensuite, les adolescents se dirigent vers la bâtisse, croulant sous le poids de leur gros sac et emportant leur bâton. Je l'ai toujours dit : le patinage artistique, c'est beaucoup moins compliqué ! Je me glisse entre deux joueurs pour franchir la porte, prenant garde de ne pas me faire écraser par les énormes sacs. Au passage, j'accroche un bâton de hockey...

Jacob est devant la machine distributrice, un thé glacé à la main. Il sourit. Je n'avais jamais remarqué à quel point il a de belles dents. *Normal, puisque son père est dentiste !* Il est plus calme que la dernière fois que nous nous sommes vus ici. Il était en colère contre son père, car il venait d'apprendre qu'Étienne s'était débarrassé de son iPod. Pour le rejoindre, je contourne les poches de hockey éparpillées sur le sol.

— Je pensais que tu me garderais le dernier thé glacé !

— Justement, je t'attendais, lance-t-il en me donnant la boisson. Comment ça s'est passé, ce matin, la répétition pour la pièce de théâtre ?

Je bois une longue gorgée. Le liquide froid fait du bien à ma gorge et le goût du thé me réconforte. Mon premier plaisir depuis le début de cette journée !

— J'ai failli me faire mordre par Javotte !

Jacob hausse un sourcil. Je balaie l'air de la main.

— Laisse faire...

Jacob passe les doigts dans ses cheveux bruns, ce qui le décoiffe un peu. Ce look plus rebelle lui va bien! Chaque fois qu'il pose ce geste, des papillons dansent dans mon ventre. C'est la première fois que je ressens ça pour un garçon.

— Alors, après la partie, on s'occupera de ta chambre? émet-il.

Je souris sûrement comme une épaisse… Il veut vraiment passer son samedi soir à enlever ma tapisserie? J'aimerais trop ça! Je me force pour ne pas avoir l'air trop excitée.

— Tu as sûrement mieux à faire…

*Seigneur, arrangez-vous pour qu'il insiste.*

— En réalité, je songeais à un échange de services.

— Ah oui? À quoi, au juste?

— À un devoir de français «plate»! Je dois composer une nouvelle de cinq pages pour lundi matin. Mais voilà, je n'ai pas d'inspiration. Je suis nul là-dedans. Tu pourrais m'aider?

Jacob n'arrive pas à écrire une histoire de cinq pages? J'ai peine à y croire… Après tout, il compose des textes de chansons incroyables! Il a un riche vocabulaire, les phrases ont du sens, les images évoquées sont claires. Il n'aurait qu'à prendre un de ses poèmes et à le développer. Mais je ne peux pas lui dire ça!

Une fille apparaît à côté de lui. Elle sort d'où, celle-là? Hum! Je l'ai déjà vue quelque part… Elle est grande et a les cheveux très longs. Elle passe un bras autour de la taille de Jacob, qui ne semble pas apprécier puisqu'il s'éloigne un peu. Le geste est subtil, mais je l'ai très bien remarqué! Mon compagnon est mal à l'aise. Avec mes yeux de tigresse, je dévisage la nouvelle venue. *Tu es qui, toi?*

— Dans quel domaine as-tu besoin d'aide? demande la fille en faisant allusion aux dernières paroles de Jacob.

Jacob toussote. Mon regard passe de l'un à l'autre. Elle a un accent très prononcé.

— Iris, je te présente mon amie de la France, Céleste…

Céleste Durand… C'est avec elle que j'ai correspondu en me faisant passer pour Sandman. Je savais qu'elle était en vacances au Québec pour quelques semaines. Elle se tient beaucoup trop près de Jacob, ce qui m'agace.

— Oh! Salut, Iris! s'écrie l'intruse. J'ai beaucoup entendu parler de toi.

Elle me fait un clin d'œil. Jacob paraît gêné. *Bon, qu'est-ce que ça veut dire?*

— J'irai aider Iris à enlever de la tapisserie et à repeindre sa chambre, intervient-il. Le cinéma, ce sera pour une autre fois.

Céleste ne cache pas sa déception. À sa place, je serais aussi désappointée! Les papillons dans mon ventre s'énervent. Est-ce que Jacob vient d'annuler une sortie au cinéma pour passer la soirée avec moi, les mains dans la peinture?

— Si tu avais prévu autre chose, ne change pas tes plans pour moi, déclaré-je.

Jacob me lance un regard paniqué avant de secouer la tête.

— Je peux vous aider, moi aussi ! propose Céleste. À trois, ça irait plus vite. Je ne suis pas rapide sur le pinceau, mais…

Jacob me fixe. Ses lèvres miment un « non » et ses yeux appellent à l'aide. Je me mets à raconter n'importe quoi.

— Euh… merci, mais ma chambre est très petite, alors on se marcherait sur les pieds. Et mon frère joue de la batterie tous les soirs, donc on ne s'entendrait pas parler.

L'expression de Céleste me fait presque changer d'idée. Si Jacob ne paraissait pas si soulagé par mon intervention, je lui dirais de se joindre à nous et d'apporter un sac de croustilles au ketchup. La pauvre fille est vraiment triste. Jacob se sent mal, je le vois bien. Je décide de changer de sujet.

— Pas de trouble pour ta composition ; je te ferai ça en claquant des doigts. Par contre, pour ma chambre, je ne sais pas trop… On peut essayer d'enlever la tapisserie, mais pour le reste, pff ! Le problème est que je n'ai pas un sou et que ma mère refusera de dépenser pour de la peinture.

À la maison, on endure le plancher brun d'origine et le mauve pâle sur les murs du salon ! C'est tout dire…

Jacob réfléchit. Soudain, son visage s'illumine.

— J'ai une idée !

— Quoi ? m'informé-je.

— Tu verras ! Fais-moi confiance ; tu auras une belle chambre, et ce, tout à fait gratuitement. Je passe chez moi après la partie et ensuite j'irai te rejoindre !

141

Il saisit sa poche de hockey, la balance sur son épaule comme si l'objet était léger.

— Je dois y aller, déclare-t-il, pressé. À plus tard !

Hé ! Il s'en va, il me plante là ! *Avec Céleste.* Pendant tout l'après-midi, je me demanderai ce qu'il a en tête ! Ma mère dit toujours que les hommes ne connaissent rien à la décoration. Je ne sais pas vraiment d'où elle sort, cette croyance… N'empêche, l'idée de Jacob me fait un peu peur ! Une décoration gratuite ? C'est louche !

Bon… On verra bien ! Céleste me fixe. Elle affiche un sourire qui fait pitié.

— Je peux regarder le match avec toi ? s'enquiert-elle. Je ne connais rien au hockey.

Comment pourrais-je refuser alors que Jacob vient d'annuler leur soirée au cinéma ?

— D'accord ! Tu peux aller réserver deux places dans les gradins ? Je te rejoindrai dans quelques minutes…

Après m'être retournée, je tombe nez à nez avec Benoît Giguère. Zut ! J'aurais dû suivre Céleste. Je commençais à peine à l'oublier, celui-là. La musique dans les écouteurs accrochés à son cou est si forte que je l'entends. Il écoute du hip-hop.

— Tu me suis ou quoi ? m'écrié-je, exaspérée.

Ne me dites pas qu'il joue aussi au hockey ! C'est vrai que ce serait son genre. En plus, il excelle probablement dans ce sport. Benoît bouge légèrement la tête, comme s'il voulait déplacer les cheveux qui couvrent son front. Cela ne donne aucun résultat, à cause de tout le gel qu'il a sur la tête. A-t-il mis la bouteille au complet ?

— Mon père est l'entraîneur des Midgets.

C'est l'équipe de Jacob.

— Merci d'avoir pris ma défense tantôt lors de la crise de Javotte… euh… de Félicité.

Le garçon sourit. Pour la première fois, je lui trouve un petit quelque chose de sympathique au fond des yeux.

— Tu as raison : Javotte, ça lui va bien mieux !

— En tout cas, merci… Je ferai mon possible pour être bonne.

En deux secondes, son regard change ; il redevient arrogant. Benoît n'a plus rien de sympathique.

— Ça va. Disons que tu m'en dois une !

Il passe à côté de moi, puis il poursuit son chemin parmi les gens avec son air de «regardez-moi». Je soupire. Je savais que rien n'était gratuit avec un gars comme lui. Il m'a rendu service, ce qu'il n'est pas près d'oublier ! Il me le remettra constamment sous le nez.

Je secoue la tête, fais deux pas. J'aperçois Marie-Jade qui se dirige vers moi avec un sourire fendu jusqu'aux oreilles. Oh ! C'est le *fun* de la voir ici ! Elle a même ressorti son manteau à l'effigie du club de patinage artistique ! Marie-Jade avait abandonné ses cours de patin sur un coup de tête. *C'est la faute à son Laurent.* Au fil des années, on en a passé, du temps à jaser devant la machine distributrice, un chocolat chaud à la main. On se rendait toujours ensemble à l'aréna et on s'entraînait sur le même programme.

— Hé ! Salut, toi ! me lance Marie-Jade. Ne me dis pas que tu viens regarder une partie de hockey ?

Je ris. Entre nous, c'était entendu : on détestait le hockey ! On passait des heures à déblatérer sur les joueurs qui nous volaient du temps de glace juste pour pousser une rondelle avec un bâton. Pff ! Notre sport était bien plus *hot* que le leur !

Je lève les yeux au ciel, faisant semblant d'être exaspérée.

— Eh oui ! Peux-tu croire ça ?! Mais toi, qu'est-ce que tu fais ici ? Tu n'es certainement pas venue pour le hockey !

— Ha ! Ha ! Jamais de la vie ! J'ai décidé de me remettre au patin. Ça me manquait ! Et ça va me changer les idées… C'est *cool*, hein ? On va se retrouver !

Je suis contente pour elle. C'était dommage que Marie-Jade ait arrêté le patin après tant d'années passées à s'entraîner.

— C'est «plate» que je sois blessée. Je ne participerai pas à la compétition à Terrebonne ni à la suivante, j'en ai bien peur…

Et puis, avec le théâtre – dont les répétitions se tiennent également le samedi matin et le soir après l'école –, je ne sais pas où je trouverai le temps de tout faire ! Une pièce de théâtre, c'est un engagement ; on ne peut pas laisser tomber du jour au lendemain parce qu'on est fatigué du personnage. Ça mettrait tout le monde dans le pétrin.

— Justement ! souligne Marie-Jade. Si tu n'es pas là, j'aurai peut-être la chance de gagner une médaille, pour une fois ! C'est une blague… De toute façon, je serai sûrement rouillée.

Je me force pour rire. Marie-Jade est une bonne patineuse, plus douée que moi encore, alors elle ne sera pas rouillée du tout. Le problème, c'est qu'elle gère mal son stress en compétition. Elle fait des erreurs ridicules et rate la plupart des sauts. Elle ne termine jamais avant le dixième rang au classement. Ensuite, elle boude pendant trois jours… surtout si j'ai remporté la médaille d'or. Nous sommes toujours inscrites dans la même catégorie, donc nous sommes en rivalité. Je crois qu'elle a toujours envié mes performances et mon mur de médailles.

Peu importe, je suis heureuse qu'elle reprenne le sport. Nous patinons ensemble depuis nos cinq ans. Le patin sans Marie-Jade, c'était moins plaisant. C'est grâce à cette activité que notre amitié avait commencé. Je me souviens de nos petites jupettes en tulle et de nos lacets roses. Au début, nous devions nous tenir par la main pour ne pas tomber.

— On va boire un chocolat chaud ? suggère-t-elle en glissant son bras sous le mien.

— Bonne idée !

Comme dans le temps ! C'était notre rituel après l'entraînement. Je tire sur la manche de son manteau alors qu'elle est déjà sur son erre d'aller.

— À la condition que tu ne prononces pas le prénom de Laurent plus de trois fois !

Marie-Jade fait la moue.

— Cinq fois ?

Je lui fais une grimace.

— OK, cinq fois…

J'oublie Céleste, qui m'attend dans les gradins.

## 24
# Emma choisira-t-elle Iris ou Sam?

J'ai passé une heure à discuter avec Marie-Jade de patinage artistique et des performances de l'équipe canadienne aux derniers Jeux olympiques. Puis je me suis souvenue de Céleste! Elle est assise dans la première rangée des gradins, coincée entre deux papas très actifs. L'un encourage son fils, tandis que l'autre engueule l'arbitre. Je décide de rester debout à l'arrière avec ceux pour qui un match de hockey est une sortie sociale. Ces personnes jasent en buvant du café au lieu de regarder les joueurs sur la glace.

Jacob a marqué deux buts!

Je rentre à la maison avec le sourire. En fait, je me sentais bien jusqu'à ce que je voie Sam et Emma descendre l'escalier, main dans la main. Pff! Mais ils sont si beaux ensemble... Nous nous croisons sur le trottoir. Le vent est violent et froid aujourd'hui; il fouette le visage. Sam doit tenir son capuchon pour l'empêcher de s'envoler. Emma a des étoiles à la place des yeux. Les gens en amour sont tellement pathétiques! Mon amie semble marcher sur un nuage de ouate. Et elle sourit comme une épaisse... *Comme moi tantôt devant Jacob.*

Malgré ma mauvaise humeur, je dois reconnaître qu'ils forment un couple magnifique. Mon frère est grand, fort et solide. Un héros. Je suis jalouse de leur petit bonheur! Et je suis frustrée d'être tenue à l'écart.

— Vous êtes rentrés tard, hier soir…, reproché-je aux amoureux.

Je m'adresse surtout à Sam. Il me lance son regard de grand frère pas content. Le même qu'il me destine lorsque je prends trop de temps dans la douche le matin… Il ne veut pas que je parle à maman de son retard, c'est évident. Le couvre-feu, c'est sacré chez nous. Julie confisque les iPod pour moins que ça !

— On a raté le dernier autobus, se défend Emma. Ma mère a dû venir nous chercher… On s'en va se balancer au parc, ajoute-t-elle, l'air fébrile. Tu viens avec nous ?

Euh… se balancer au parc à leur âge et par une température pareille ? Et en plus, je me retrouverais prise entre deux amoureux se regardant comme s'ils étaient seuls au monde ? *Pouah ! Pas question !*

— Non. J'ai de la tapisserie à enlever…

*Tu sais, le projet de décoration de ma chambre que tu m'as convaincue de réaliser ?*

— On va t'aider en revenant ! déclare Emma.

Oui, bien sûr ! Il ne s'agit encore que de belles paroles, fort probablement. Elle m'aidera si Sam ne lui propose pas d'aller boire un Coke ou de manger une frite. Ou de marcher main dans la main jusqu'à Montréal et d'en revenir. Ou de sauter en parachute…

— Ce matin, maman n'était pas contente quand elle a vu la tapisserie à moitié arrachée sur un des murs de ta chambre, me prévient Sam.

D'un signe de tête, il me souhaite bonne chance. Je le dévisage en silence, mais il comprend que je lui envoie mentalement un «va c\*\*\*\*!». *Mêle-toi de tes affaires.* Je les laisse à leur balade de tourtereaux quétaines. Je passe entre Emma et Sam, les forçant à se lâcher la main.

— Bonne promenade! Et laissez faire pour votre aide. Jacob s'est proposé. Et Marie-Jade aussi.

«Alors je n'ai pas besoin de vous!» ai-je envie de leur crier. Pourtant, c'est faux, car j'aimerais qu'Emma contribue au projet. Mais ce n'est plus une priorité pour elle, ce qui me chagrine. Mon amie a toujours des idées de grandeur, mais c'est amusant de faire des choses avec elle. On aurait écouté le nouveau CD de Full Power, on aurait dansé en prenant le pinceau pour un micro. On aurait eu de la peinture dans les cheveux, sur le nez…

En fait, je me sens rejetée. Ça me tord le cœur. Marie-Jade m'avait fait le coup pour son Laurent; c'est au tour d'Emma avec Sam. Ce serait une bonne raison pour rendre la vie impossible à mon frère. Je pourrais lui couper les cheveux pendant son sommeil pour qu'il soit moins beau. Si un jour j'ai un chum, je n'abandonnerai pas mes amies pour lui! *Promis!*

— Méfie-toi de Marie-Jade, me conseille mon frère pendant que je monte l'escalier de notre perron. Elle est venue me voir cette semaine pour savoir le nom du joueur de hockey avec qui tu te tiens. J'imagine qu'elle parlait de Jacob.

Weeze m'a dit qu'il avait demandé mon adresse électronique à une fille de ma classe. Marie-Jade manigancerait-elle quelque chose? Pourtant, tantôt, j'ai passé un bon moment avec elle à l'aréna. Elle est gentille avec moi ces temps-ci. Mais c'est peut-être justement ça, le problème…

— Y a-t-il des développements au sujet de Weeze? me demande Emma.

— Oui! Je te raconterai ça quand tu auras le temps et que LUI ne sera pas là!

Mon frère grimace.

— Vos potinages de filles ne m'intéressent pas.

Emma semble hésiter. Visiblement, elle meurt d'envie de tout savoir sur le mystérieux Weeze! C'est le genre d'histoires qui pique sa curiosité. Est-ce que je gagnerai? Dira-t-elle à mon frère que, finalement, ça ne lui tente pas d'aller se faire geler au parc? Me suivra-t-elle dans ma chambre où je pourrai lui montrer le tableau? Je piétine pour réchauffer mes orteils. *Allez, Emma!*

Les cheveux flottant au vent, ma copine sourit.

— J'ai hâte de tout savoir! s'exclame-t-elle. Tu me raconteras ça tantôt?

J'ai perdu. L'amour gagne toujours. J'ouvre la porte.

— Ouais… peut-être…

# 25
## Couvre-lit à pois

Je claque la porte assez fort pour que Sam et Emma sachent qu'ils m'emmerdent. *Bonne promenade, les amoureux quétaines. Vous serez emportés par le vent pendant que je me battrai avec ma tapisserie.* Je mettrai le désastre de mon manque de talent pour les travaux manuels sur leur dos. Ils auront sur la conscience les ampoules au bout de mes doigts…

Bon…

Je lance mes bottes au fond de la garde-robe, abandonne mon manteau sur le banc de l'entrée. Je ne suis pas contente. Ou plutôt je suis déçue… Emma me manque. Et mes histoires de courriels mystérieux l'intéressent pas mal moins que ses amours ! C'est grave ! Si ça me dérange autant, c'est peut-être parce que mon frère est le responsable de tout ça. C'est sa faute : il est trop fin. Je ne peux pas vraiment en vouloir à mon amie, car si Sam n'était pas mon frère, moi aussi je voudrais sortir avec lui !

Je monte directement à l'étage en espérant ne pas croiser maman dans l'escalier. Je ne suis pas d'humeur à recevoir des reproches ! Je connais son discours par cœur : l'argent, toujours l'argent. J'espère qu'elle ne s'est pas rendu compte que j'ai bousillé la bouilloire. Elle range de la vaisselle à la cuisine. Parfait ! Cela me laissera quelques minutes de répit. Le bordel régnant dans ma chambre me déprime. La vue du mur où la moitié de la tapisserie a été arrachée me démoralise encore plus. C'est vraiment laid… Pauvre Jacob ! Il sera découragé devant le travail à abattre !

Je regarde l'heure ; il devrait arriver bientôt ! J'ai hâte. Finalement, ça fait mon affaire que Sam et Emma ne soient pas dans le décor, car je serai seule avec lui. Ouf ! Je suis difficile à suivre ! C'est vraiment compliqué, la vie à quatorze ans !

Je devrais me mettre à l'ouvrage en attendant Jacob. D'ailleurs, il faudra trouver une solution de remplacement à la bouilloire qui a rendu l'âme… La tapisserie s'enlève avec de la vapeur. Oui, mais à voir l'état de mon mur, le procédé ne paraît pas très efficace ! Je réfléchis à la possibilité d'envoyer un message à Jacob pour lui demander d'apporter une bouilloire de chez lui. Les Cloutier sont riches, alors ils doivent en avoir trois ou quatre qui ne servent pas. Puis je me dis que ça ne se fait pas ! *J'aurais l'air de quoi ?*

Je consulte mon iPod. Cendrillon n'a pas encore répondu au dernier message de Sandman au sujet de sa sœur décédée. Pourquoi ai-je insisté pour connaître la cause de sa mort ? Finalement, cette correspondance n'était pas une bonne idée. J'aurais dû l'interrompre dès le début. Là, j'en sais beaucoup trop. Et Jacob ignore ce fait. Pire, la raison du décès de Juliette me perturbe réellement. C'est tellement triste ! La vie est si fragile et injuste… Et c'est affligeant de songer à l'horrible culpabilité qui pèse sur les épaules de mon compagnon. C'était un bête accident ; ce n'est quand même pas lui qui l'a tuée. Sa sœur s'est trop approchée du bord et elle est tombée.

Me voilà prise au piège. Je vois Jacob de plus en plus souvent, et nous développons une belle complicité… Je me sens mal de recevoir ses confidences alors qu'il croit s'adresser à Cendrillon ! Il faut que je trouve un moyen de mettre fin aux échanges de courriels entre Sandman et Cendrillon, car tout ça prend une ampleur démesurée. Et puis, un jour ou l'autre, je commettrai une erreur, je signerai le mauvais nom au bas d'un message ou je laisserai couler une information qui révélera à Jacob l'identité de Cendrillon. Comme il a des principes, il m'en voudra longtemps s'il découvre que je lui mens!

**De:** Cendrillon
**À:** Sandman
**Objet: Re: Re: Re: Drame**

Je suis vraiment désolée… La vie est souvent injuste. N'oublie pas que c'était un accident…

Je cherche encore les chansons…

Cendrillon

J'envoie le message avec la ferme intention de ne plus me servir de ce pseudonyme. C'est terminé! Un jour, je trouverai les chansons que Jacob a composées. Sinon une occasion se présentera et j'aborderai le sujet directement avec lui. De toute manière, c'est devenu trop compliqué, cette double identité… Et ce n'est pas très honnête! Et puis ça me fait drôle de signer «Cendrillon» maintenant que je sais que je jouerai le rôle de ce personnage dans une pièce de théâtre. Tout ça paraît un peu trop réel; j'ai peur que Jacob fasse le lien! Raison de plus pour en finir avec cette correspondance.

Oh merde! Déjà une réponse…

**De:** Sandman
**À:** Cendrillon
**Objet: Accident**

Je sais que c'était un accident. Mais si je ne lui avais pas dit de se placer à cet endroit, Juliette ne serait pas tombée! Anyway… Je n'aurais pas dû te raconter ça, car peu de gens sont au courant. N'en fais pas un statut sur Facebook, SVP.

Sandman

Je ne parlerai de cette affaire à personne, c'est certain. Je me plains souvent de ma mère zélée et de mon frère trop beau qui *cruise* mes copines. L'histoire de Jacob me donne une belle claque au visage. Paf! *Penses-y, Iris: d'autres vivent des drames pires que de se faire rejeter par une amie qui tombe amoureuse!* Même si je n'ai pas de père, mon noyau familial est solide. À trois – ma mère, mon frère et moi –, nous formons un clan tissé serré. Est-ce que je m'en remettrais s'il arrivait quelque chose à Sam? *Mon grand frère d'amour.*

Puisque Sandman a répondu rapidement, ça signifie que Jacob est chez lui. Il arrivera ici bientôt! J'espère que l'état de ma chambre ne le découragera pas, car ça fait vraiment dur. Je soupire à la vue du morceau de tapisserie à moitié déchiré qui pend au mur. Jacob rira sûrement de mon couteau à beurre…

La porte de ma chambre s'ouvre violemment et rebondit contre le mur. Boum! J'ai le réflexe de m'asseoir sur mon iPod pour le cacher. Ouf! J'ai cru que c'était Jacob et qu'il venait de me surprendre avec son ancien gadget dans les mains! C'est écrit dans le ciel que ça arrivera un jour…

Ce n'est que ma mère… Oh! Oh! Elle n'est pas de bonne humeur.

— Iris Lépine, c'est quoi, ça? hurle-t-elle.

Elle pointe du doigt mon chantier. Elle ne tape pas encore du pied… mais ça viendra!

Exaspérée, je lève les bras au ciel.

— Tu sais que je n'en peux plus de ma chambre de bébé !

Maman tire sur un morceau de tapisserie.

— On n'entreprend pas ce genre de travaux n'importe comment !

— Emma et moi, nous avons… euh… visionné des vidéos sur YouTube expliquant la technique.

Arf ! Ça ne fait pas très sérieux. Maman a peut-être raison de ne pas être contente. Mais le résultat sera beau, j'en suis certaine ! *Du moins, je l'espère…*

— Et tu la paieras comment, la décoration de ta chambre ?

C'est à ce moment que Julie se met à taper du pied. En plus, ses joues sont rouges. Je fronce les sourcils, déterminée à lui prouver que je parviendrai à mes fins, coûte que coûte !

— Je garderai un soir de plus chez madame Caron !

Jacob choisit ce moment pour apparaître dans le cadre de la porte. Il cogne deux coups.

— J'ai frappé plusieurs fois en bas, c'était ouvert, je me suis permis d'entrer, s'excuse-t-il. J'ai tout ce qu'il faut ! ajoute-t-il avec enthousiasme.

La tension dans la pièce tombe d'un coup. Ma mère se retourne. Elle perd aussitôt son air fâché. *Merci, Jacob.*

— Allô, Jacob !

Maman aime beaucoup mon compagnon. Elle apprécie le fait qu'il connaisse les bonnes manières et s'exprime si bien. Elle l'a vite classé dans la catégorie des bons amis à fréquenter. Jacob traîne un gros sac à ordures vert. Oh! Il vient de sortir de la douche; ses cheveux sont encore humides… Et il est de bonne humeur, car il a gagné son match! Il fait deux pas dans la pièce, aucunement impressionné par le bordel. Il dépose le sac au pied de mon lit.

— On déménage dans une semaine, annonce-t-il en se tournant vers moi. Mon père veut se débarrasser de plusieurs choses, car notre nouveau condo n'est pas très grand. Il y a tout ce qu'il faut là-dedans pour décorer ta chambre.

Ma mère est bouche bée. De toute manière, que pourrait-elle dire? Son argument à propos de l'argent ne tient plus. Paf! La décoration de ma chambre ne coûtera rien. Julie semble même heureuse que le problème ait été réglé en un claquement de doigts. *Merci, bonsoir!* Moi, je suis un peu mal à l'aise. C'est un gros cadeau!

— Tu es certain que ton père est d'accord? veut s'assurer maman.

Jacob acquiesce, fier de son idée.

— Oui! De toute façon, ces objets ne nous serviront plus à rien. Mon père s'apprêtait à tout jeter!

Ah tiens! Ma mère affiche son plus beau sourire.

— Eh bien, dans ce cas, je vous laisse travailler. Bonne chance… et ne faites pas de trous dans les murs!

Super! Quand il est question de Jacob, maman n'est plus la même; elle ramollit et devient plus permissive. C'est peut-être à cause de ses sentiments pour Étienne, le père de Jacob. Mais peu importe la raison de ce changement d'attitude. Tout ce que l'adolescent fait ou propose convient à Julie. Malheureusement, elle ne se montre pas aussi indulgente avec Sam et moi !

Je décide de profiter de la situation.

— Euh… maman, j'ai oublié de te dire… Je crois que j'ai bousillé la bouilloire.

Je sais que maman n'osera pas me disputer devant Jacob. Bon, de toute manière, elle ne serait pas allée jusque-là. Elle aurait grogné qu'une bouilloire, ça coûte cher, et blablabla… Puisque nous ne sommes pas seules, elle se retient. Mais je n'arrive pas à déterminer si ce que je vois sur ses lèvres est un sourire ou une grimace. *Peut-être les deux à la fois…* En tout cas, ce n'est pas très beau. Elle sort en marmonnant entre ses dents serrées : « Pas grave… »

« Pas grave » ? C'est tout ? Eh bien, vive les pouvoirs magiques de Jacob ! En sa présence, tout passe comme du beurre dans la poêle. Je m'en souviendrai lorsque j'aurai une mauvaise nouvelle à annoncer à ma mère ! Au fait, je devrai bientôt lui apprendre que j'ai eu 62 % en anglais à l'examen de la semaine dernière…

— La bouilloire est vraiment fichue ? demande Jacob en l'examinant.

— J'ai bien peur que oui… Je l'ai fait surchauffer hier ! Elle crache maintenant plus d'eau que de vapeur. En tout cas, merci ! Tu es arrivé au bon moment. Ma mère n'est pas d'accord avec mon projet de décoration.

Jacob tourne la bouilloire dans tous les sens, comme s'il voulait trouver le problème. S'y connaît-il en réparation de trucs électriques ? Mais il est peut-être découragé, tout simplement. Sans bouilloire pour produire de la vapeur, impossible de décoller la tapisserie.

Pendant que mon ami se concentre, j'essaie de trouver une façon de me lever sans qu'il remarque l'iPod – toujours dissimulé sous mes fesses. Je n'ai pas eu le temps de le cacher à cause de la scène de ma mère ! Je me redresse, glisse l'objet dans la poche arrière de mon jeans... Je m'éloigne à reculons jusqu'à ma commode. Mon compagnon garde les yeux sur la bouilloire. Heureusement, d'ailleurs, car j'ai sûrement l'expression d'une fille venant de commettre un vol de banque. J'ouvre mon tiroir à sous-vêtements, me dépêche de laisser tomber l'appareil à l'intérieur. Ouf ! Je respire un peu mieux. J'ai eu de la chance. Mais un jour, Jacob verra l'iPod et je serai dans la mélasse jusqu'au cou !

Jacob abandonne la bouilloire sur le coin de mon bureau, puis jette un regard circulaire à la pièce.

— Il y a beaucoup de travail, je sais…, reconnais-je, un peu honteuse.

J'aime l'ordre, mais actuellement ma chambre ressemble à un chantier. Jacob sourit et roule rapidement les manches de sa chemise à carreaux. Ça me fait drôle de le voir vêtu simplement. Il porte toujours des chandails sans aucun pli, des pantalons impeccables qui descendent sur des chaussures propres. Là, son jeans a déjà des taches de peinture. Je le trouve encore plus beau que lorsqu'il porte ses vêtements griffés.

— Mettons-nous à l'ouvrage ! Il n'y a pas de temps à perdre !

Je lui tends le couteau à beurre. Il arrondit les yeux.

— On ne va pas gratter le mur avec ça pour vrai ? s'écrie-t-il, l'air découragé.

— Euh…

Je plisse le nez, car j'ignore quoi dire. Je n'ai rien trouvé de mieux que cet ustensile ! Nous n'avons pas d'outils à la maison. Ce n'est pas comme si j'avais un père qui bricolait dans le sous-sol le dimanche matin. Tous les papas de mes amis fréquentent assidûment le Canadian Tire ; c'est là qu'ils se procurent scie circulaire et perceuse ultraperformante ! Ici, avec beaucoup de chance, nous trouverons peut-être un pinceau et un tournevis carré.

Jacob saisit le couteau et le dépose sur mon bureau.

— Minute, je reviens !

Comme une tornade, il sort de la chambre. Je l'entends dévaler l'escalier. Je souris. J'ai déjà hâte qu'il revienne !

Curieuse, je défais le nœud du sac vert qu'il a apporté. Jacob a dit qu'il y avait tout là-dedans pour refaire la décoration de ma chambre. Ça ressemble à quoi ? Est-ce que j'aimerai ces objets ? Comme si je me préparais à déballer un cadeau de Noël précieux, je fais durer le plaisir. Finalement, avec excitation, j'ouvre le sac… Wow ! La bouche entrouverte, je tire sur le couvre-lit rose fuchsia à gros pois colorés – des jaunes, des blancs, des bleus, des orange… Ne pouvant résister davantage, je me dépêche de regarder le tout. Il y a même les draps et les rideaux assortis ! Et des coussins… *Oh my God !* C'est MA-GNI-FI-QUE !

Pour manifester mon bonheur, je fais quelques pas de danse et je tourne sur moi-même, les bras dans les airs. Une vraie folle ! Puis je me calme, car je ne veux pas que Jacob me voie faire mes niaiseries de fille se réjouissant de la couleur d'un couvre-lit. Bah ! Peu importe, je ne peux m'empêcher de sautiller d'un pied sur l'autre! Ce couvre-lit est trop *hot*! C'est le plus beau! Il serait assez chic pour parer le lit d'Emma tellement il a de la gueule. Ma chambre ressemblera enfin à celle d'une adolescente de quatorze ans!

Je m'assois sur le tissu coloré, en recouvre mes épaules. Est-ce que j'ai dit que je le trouvais magnifique? OK, je le redis encore: «Il est superbe!»

Puis j'ai un doute. Tout en réfléchissant, j'effleure du bout des doigts les cercles du couvre-lit. Cette literie provient de chez Jacob... Merde! Ce sont sûrement les affaires de sa sœur décédée.

# 26
## Chantier en cours

Jacob revient avec un sac de la quincaillerie. Il a acheté un grattoir et un produit à appliquer sur le papier peint pour aider à le décoller. Bon, ces articles seront peut-être plus efficaces qu'une bouilloire.

— Ce n'est pas à toi de payer tout ça. Je vais te rembourser.

Comment? Je ne sais pas trop. Jacob est déjà grimpé sur une chaise et se prépare à se mettre à l'ouvrage. Il lit l'endos de la bouteille.

— Laisse faire ça! me dit-il. Occupe-toi de ma composition en français et je serai bien content.

Je replie le couvre-lit pour le ranger dans le sac, à l'abri de la saleté que les travaux généreront.

— C'est étrange que tu aies de la misère à composer un texte pour un devoir; tu écris de si belles chansons, indiqué-je en songeant à ses poèmes.

Jacob lève la tête et reste immobile. Moi aussi, je suis figée, avec le couvre-lit plié entre mes bras. Oh! Je me mords la langue. *Iris, il faut réfléchir avant de parler!* Le garçon est dos à moi, mais je devine qu'il se pose des questions. Je retiens mon souffle.

— Comment sais-tu que je compose des chansons? Il ne me semble pas t'en avoir parlé…

Merde! Je mets le couvre-lit dans le sac, prenant tout mon temps afin de réfléchir. Je passe la main dans mes cheveux, puis je hausse les épaules.

— Je le sais, c'est tout.

*Vraiment poche.* Je roule les yeux dans le dos de Jacob. *Allez! Il faut que je crée une diversion.*

— Qu'est-ce qui se passe avec ton amie Céleste? Tu l'as semée?

Ouf! Jacob ouvre la bouteille, en hume l'odeur. Il détourne la tête en grimaçant. Ça sent fort jusqu'ici!

— Elle est un peu accaparante, formule-t-il. Échanger avec quelqu'un sur Internet est très différent de lui parler en personne. Je crois qu'elle s'est imaginé des affaires qui n'existent pas. Hum!... Tu comprends?

Je hoche la tête. Je saisis parfaitement: Céleste Durand «trippe» sur Jacob. À l'aréna, elle n'essayait même pas de le cacher! Je pince les lèvres, car c'est peut-être un peu ma faute. Je m'étais amusée à lui envoyer un poème d'amour sous le nom de Sandman. J'avais pris un texte au hasard sur Internet. Avec tous ces mots tendres, Céleste a sans doute cru que Jacob éprouvait des sentiments pour elle. *Oups!*

— Elle n'est pas ici pour longtemps. Tu en seras vite débarrassé!

Jacob suspend son geste. Je ferme les yeux deux secondes. *La ferme, Iris!* Nous échangeons un regard lourd de sens. *Ouais, je suis au courant de ça aussi.* Je l'avais lu dans le courriel que Céleste avait envoyé à Sandman pour lui annoncer son arrivée.

Sans poser de question, Jacob reprend sa tâche. Je l'ai encore échappé belle! Je dois me montrer prudente, car il finira par comprendre que quelque chose cloche. Je savais que je me trahirais un jour!

Je sors de mon sac d'école un cahier Canada.

— C'est quoi, le sujet de ta composition? m'informé-je, un crayon à la main.

Je suis prête à rédiger la meilleure composition de français de toute ma vie! Toutefois, j'ignore si j'y arriverai avec cette odeur qui me brûle les narines. Même mes yeux pleurent. Avec une éponge, Jacob applique le produit qui pue sur le mur.

— Le sujet est libre, mais il faut écrire une nouvelle... de cinq pages!

Je m'installe à plat ventre sur mon lit, encombré de mes affiches roulées et de bibelots qui se trouvaient sur une tablette. Je me sens un peu mal de ne pas aider Jacob. Mais lundi matin viendra vite, et le devoir doit être fait! Le menton appuyé dans la paume de ma main, je le regarde travailler en cherchant l'inspiration.

— J'ai regardé le contenu du sac que tu as apporté. C'est trop beau pour moi...

*C'est vrai, je n'en demandais pas tant...*

— Arrête ça, Iris. Tu mérites d'avoir une belle chambre, toi aussi! Il y a un cadre et un miroir qui allaient avec la décoration. Je vais essayer de les trouver dans le garage. J'espère que mon père ne les a pas déjà jetés...

— C'était à ta sœur?

Je ne crois pas que Jacob m'ait déjà parlé d'elle, mais de toute façon ce n'est pas un secret. Plusieurs voisins sont au courant du drame de la famille Cloutier.

— C'est ça…

J'avale ma salive. Je n'aurais pas dû aborder le sujet, car Jacob a perdu un peu d'entrain. Et j'en sais trop sur la mort de Juliette pour amorcer une conversation sur elle sans me mettre les pieds dans le plat. Ça me touche beaucoup qu'il me donne les affaires de sa sœur. J'en prendrai bien soin. Ce n'est pas que de la literie achetée dans le catalogue Sears. Elle a appartenu à une jeune fille disparue trop tôt…

Au moins, le produit chimique semble fonctionner : la tapisserie décolle facilement avec le grattoir. J'observe chaque mouvement de Jacob ; il se débrouille bien. J'apprécie beaucoup sa présence… Toujours pas de nouvelles de Sam et Emma. J'espère qu'ils ne se sont pas envolés au vent ! Distraitement, je griffonne quelques mots dans mon cahier. Jacob a déjà mentionné qu'il aimerait que nos parents soient ensemble pour m'avoir comme demi-sœur… Me voit-il vraiment comme telle ? Si c'est le cas, ça signifie qu'il n'est pas attiré par moi.

— Jacob…

Les morceaux de tapisserie tombent les uns après les autres à ses pieds.

— Quoi ?

— Moi aussi, j'aimerais bien t'avoir comme demi-frère.

*On pourrait se voir souvent !*

— Je ne crois pas que ça arrivera, m'indique-t-il.

En effet, c'est peu probable. Maman et monsieur Cloutier, ça ne colle pas; ce serait un match imparfait.

— Dommage!

Il se tourne vers moi.

— On n'a pas besoin de nos parents pour se voir, déclare-t-il en souriant.

Les papillons dans mon ventre se réveillent! Il est en train de me dire qu'il aime passer du temps avec moi!

— Je sais. Mais bientôt tu déménageras à trente minutes d'ici…

— Bah! Ce n'est rien, ça.

Jacob saute en bas de la chaise. En même temps, je perçois le ding magique de mon iPod. Zut! Le volume sonore est trop élevé! On entendra la cloche chaque fois qu'un message entrera. Je fais comme si je n'avais rien remarqué… Mais au fond de moi, la curiosité me titille et j'aimerais bien savoir qui vient de m'écrire. Wô! Je ne dois pas me laisser distraire par mes envies! L'iPod doit rester caché! Je regarderai mes courriels tantôt…

— La chambre de ma sœur était turquoise, déclare Jacob. Je crois que le gallon de peinture est dans le garage. Je peux essayer de le trouver, si tu aimes cette couleur.

En fait, je n'ose pas lui dire que tout serait plus beau que ma tapisserie avec des nuages. Je trouve qu'il se donne beaucoup de mal pour moi! Je lui devrai plus qu'une composition de français.

— Ce serait génial, soufflé-je avec ma voix trop aiguë de fille contente.

165

**OMG!**

Le pire est que je me suis contrôlée ! Mon premier réflexe avait été de lui sauter au cou… Je décide de me rendre utile ; je lâche mon crayon et ramasse les débris de tapisserie par terre. Ils sont mouillés et ils collent sous nos pieds. Le produit qui sent l'acide fait des miracles ! Mes nuages étaient si vieux que tout s'enlève facilement.

Avant d'attaquer le deuxième mur, Jacob se met à feuilleter le texte de *Cendrillon*, abandonné sur mon lit.

— Tu auras beaucoup de texte à apprendre !

— Je sais… En plus, je donnerai la réplique à un idiot qui me regarde de haut ! Prince charmant, mon œil ! Je devrai me surpasser, si je ne veux pas l'énerver.

— Ha ! Ha ! Si tu veux, je t'aiderai à répéter.

Les répliques du prince charmant dans la bouche de Jacob Cloutier ? Ooooh !

# 27
## Tempête de neige

Le lundi matin, je suis complètement épuisée. Je sors du lit avec l'impression de ne pas avoir fermé l'œil une seconde de toute la nuit. En réalité, j'ai dormi, mais j'ai fait des cauchemars. Des rêves horribles! Benoît me poussait en bas de la scène; ensuite, Jacob ouvrait mon tiroir de sous-vêtements et trouvait l'iPod... Pire, Javotte et Anastasie me coupaient les cheveux dans mon sommeil. Mon cœur palpite encore et un léger mal de tête me vrille les tempes. Je me sens comme une limace. Vite, une douche! Mais avant, j'ai un urgent besoin d'un chocolat chaud pour me donner de l'énergie. Et aussi pour me réchauffer, car le plancher est glacé et j'entends le vent siffler dehors. On dirait que l'hiver est apparu d'un coup pendant la nuit!

Je me traîne jusqu'à la cuisine. Mes jambes sont lourdes et j'ai une crampe au bras droit. Je n'ai pas l'habitude des travaux manuels! La veille, Jacob et moi avons travaillé dans ma chambre toute la journée. Ç'avait été long, car il avait fallu appliquer deux couches de peinture, en plus de procéder au découpage du plafond, des fenêtres et du plancher. Deux murs blancs, deux autres turquoise. Et je suis tellement douée que j'avais renversé la moitié du contenant de peinture blanche par terre. Il avait fallu tout nettoyer. Mais je suis heureuse du résultat final; c'est beau et vivant. Une transformation extrême! Ça frappe dans le *dash*, comme on dit. Sam et Emma avaient apporté une pizza, puis ils nous avaient donné un coup de main. Sam et Jacob sur le rouleau, ça roulait! Maintenant, il ne reste plus qu'à replacer les meubles et à installer les accessoires. Fini le décor de bébé! *Bon débarras!*

Ma mère n'avait plus émis le moindre commentaire sur le chantier. Elle avait passé la tête deux ou trois fois dans l'embrasure de la porte pour voir l'évolution des travaux. Elle nous avait apporté des croustilles et des boissons gazeuses. D'après l'expression sur son visage, je savais que ma chambre lui plaisait. Elle avait seulement protesté un peu à cause de l'odeur forte de la peinture fraîche qui s'était répandue dans la maison. Je peux comprendre, car la cause de mon mal de tête vient probablement du fait d'avoir respiré les vapeurs toute la nuit. J'aurais dû dormir sur le canapé, mais j'avais trop hâte «d'essayer» ma nouvelle chambre, même si la décoration n'est pas terminée!

Soudain, je me rappelle que notre bouilloire a rendu l'âme. Pour avoir mon chocolat chaud, je devrai faire bouillir de l'eau dans le micro-ondes. Il me semble que c'est risqué, qu'on peut se brûler. Ou que tout peut nous exploser à la figure? Bon, tant pis, j'accepte de vivre dangereusement! Je veux mon chocolat chaud. Tout de suite! Je sors le pot de cacao en poudre. Mmm! Rien de mieux pour bien commencer une journée! J'en mettrai une cuillerée de plus... Mon frère est déjà au salon, une oreille collée contre le haut-parleur de la radio.

— Qu'est-ce que tu fais? marmonné-je en me frottant les yeux.

Sam est concentré.

— J'écoute pour savoir si l'école est fermée...

La veille, il n'y avait pas un flocon de neige au sol ! J'étire le cou pour regarder par la fenêtre. *Oh my God !* Avec les flocons et le vent, la maison d'Emma est invisible. La première tempête de l'année ! Soudain, je suis complètement réveillée, transportée par une énergie nouvelle. Je veux avoir congé ! Je pourrais terminer la décoration de ma chambre. Et ce soir, je ne verrais pas Benoît Giguère à la répétition… J'ai des boutons à la simple pensée de me retrouver face à lui. J'ai beau me répéter que je ne dois pas me laisser impressionner par ce garçon, ce n'est pas facile. J'ai toujours le sentiment désagréable qu'il me plantera un poignard si je lui tourne le dos.

Mon iPod à plat sur le comptoir, je brasse distraitement mon chocolat chaud avec une cuillère. Le micro-ondes est puissant ; le liquide est si brûlant que je n'arrive même pas à boire une gorgée. J'ajoute un peu de lait froid dans la tasse.

Aucun message de Jacob… Je suis déçue. Nous avons formé une super équipe toute la fin de semaine. On ne se parlait pas beaucoup, mais c'était correct. Quelques fois, je l'ai même surpris à fredonner alors qu'il était concentré sur son travail. Une chanson que je ne connaissais pas. Peut-être une des siennes ! Autant il me faisait suer il n'y a pas si longtemps sur la glace avec son air de joueur de hockey baveux, autant je ne peux plus me passer de lui maintenant ! Hier, nous avons terminé la journée au salon, devant un film d'action, avec Sam et Emma. Les amoureux occupaient le canapé, tandis que Jacob et moi étions installés par terre. La main de Jacob touchait la mienne chaque fois que nous plongions les doigts dans le sac de M&M…

**OMG!**

Je vois qu'il est en ligne sur Facebook. J'hésite à lui envoyer un message… Est-ce que ce serait… trop? Le petit diable sur mon épaule gauche me dit de ne pas le déranger, qu'insister fait parfois fuir les gens. Il faut savoir doser; déjà qu'il a travaillé chez moi tout le week-end! Le petit ange sur mon épaule droite me souffle que Jacob serait content d'avoir de mes nouvelles, que c'est très gentil de ma part de vouloir le remercier encore une fois.

Iris

> Je me répète, mais merci pour ton aide! Sans toi, je gratterais encore la tapisserie avec mon couteau à beurre!

En fait, ce n'est pas seulement pour son aide que je devrais le remercier. Tous les accessoires qu'il m'a offerts me permettront d'avoir une belle chambre, et ce, sans avoir dépensé un sou. Pour moi, ce cadeau n'a pas de prix. Mon décor sera mille fois plus beau que ce que j'avais imaginé!

Jacob

> Merci à toi pour la composition de français!

Je me suis donnée à fond, en travaillant même la nuit à la lueur de ma lampe de chevet! J'espère que Jacob obtiendra une bonne note… Il étudie dans une école privée. Peut-être les exigences y sont-elles plus élevées que mes connaissances? J'ai raconté l'histoire d'une fille qui reçoit des courriels d'un garçon mystérieux… Ç'a été facile!

Tiens! Weeze m'a écrit un message.

**De:** Weeze G.
**À:** Iris Lépine
**Objet: Théâtre**

Juste pour te dire que je fais du théâtre, moi aussi.
Bienvenue dans la troupe!

Weeze

QUOI? C'est une blague? Weeze est dans la troupe de théâtre? Je l'ai donc vu samedi à la répétition! Et je le reverrai ce soir après les cours… Sam est encore devant la radio. Je n'ai jamais autant prié pour que l'école soit ouverte! Je veux découvrir qui est ce Weeze! Je songe aux garçons de la troupe. Je ne leur ai pas porté une grande attention, trop intimidée par Benoît et les jumelles aux yeux méchants. D'après moi, personne ne se fait appeler Weeze. Voilà une information à ajouter sur mon tableau d'indices! Mais le carton sur lequel je notais les précieuses informations est taché de peinture turquoise…

Sam entre dans la cuisine. Je lève la tête.

— Notre école n'a pas été mentionnée, dit-il, l'air déçu. On dirait bien qu'elle est ouverte. Pff! Pourtant, la commission scolaire la ferme souvent pour moins que ça…

C'est vrai qu'il ne fait pas beau. Il va falloir sortir nos tuques et nos foulards. L'hiver est bel et bien arrivé!

Ding.

Emma

On va avoir besoin d'une pelle pour
se rendre à l'école!

OMG!

Iris

C'est justement ce qu'on se disait...

Le vent frappe la fenêtre et le grand sapin devant la maison se balance d'un côté à l'autre. Brrr! Ça ne donne pas le goût de mettre le nez dehors. Les rôties de mon frère sautent du grille-pain. Comme d'habitude, Sam les attrape au vol et les lance dans une assiette. Il me pousse pour que je libère l'espace devant le tiroir à ustensiles.

— Quand vas-tu dire à Jacob que c'est toi qui as son ancien iPod? s'enquiert Sam en beurrant ses toasts.

Je m'étouffe avec une gorgée de chocolat chaud, dont je recrache la moitié sur le comptoir. Sam essuie son avant-bras en grognant.

— Ark!

Je suis sous le choc. Mes pieds s'engourdissent, mes oreilles bourdonnent… J'ai sûrement mal compris!

— Qu'est-ce que tu as dit?

En une seule bouchée, Sam avale la moitié de sa rôtie.

— Jacob finira par savoir que c'est toi qui as son iPod! répète-t-il, la bouche pleine.

— Comment sais-tu que l'appareil lui appartenait?

Est-ce que maman lui aurait appris la provenance de mon cadeau? J'ai toujours fait attention de ne pas révéler mon secret à Sam afin d'éviter qu'il vende la mèche! J'espère que ce n'est pas la personne à qui je pense qui lui en a parlé…

172

Sam hausse les épaules, déjà prêt à se faire deux autres rôties. Chaque matin, il mange la moitié d'un pain!

— C'est Emma qui m'a raconté ça.

# 28
## Trahison

Les joues rouges et la goutte au nez, j'entre dans l'école d'un pas déterminé. J'ai bravé la tempête comme si de rien n'était ! Le froid qui engourdissait mes cuisses ne m'a même pas ralenti. Je suis en beau maudit. Pas contre mon frère, mais contre Emma Nantel. Ma prétendue nouvelle meilleure amie. Pff ! Elle a enfreint une règle de base : on ne dévoile JAMAIS les secrets de ses copines à son chum. Ça ne se fait pas ! C'est vraiment poche qu'elle ait raconté à Sam l'histoire de mon iPod. Je lui faisais confiance ! Je ne voulais pas que mon frère soit au courant de tout ça, car il connaît Jacob. Par mégarde, il pourrait divulguer l'information dans une conversation.

Sur mon manteau et ma tuque, la neige est restée collée. Je me secoue devant mon casier. Tout le monde ressemble à des bonshommes de neige. C'est toute une bordée qui tombe sur la ville ! Les élèves bougonnent de ne pas avoir congé. Ils ont bien raison ! Je me demande comment nous ferons pour retourner à la maison en fin de journée, si ça continue.

— Iris ! crie Emma dans le brouhaha qui règne dans la grande salle. Tu aurais pu m'attendre ! Tu parles d'un temps de chien !

La traîtresse ! Emma trottine sur le plancher inondé jusqu'à moi. Essoufflée, elle passe la main sur son visage mouillé par la neige. Le matin, nous nous rendons toujours ensemble à l'école. Mais pas aujourd'hui. Je n'étais pas d'humeur à la supporter. Je lance mes affaires dans le casier sans la regarder.

— Je n'ai pas envie de te voir.

Étonnée, mon amie me fixe.

— Pourquoi?

Elle ne s'en doute vraiment pas? *Elle mériterait une taloche derrière la tête.* Je claque la porte de mon casier. Je veux lui montrer que je suis fâchée. Le bout de mon soulier se coince dans l'ouverture; mon geste n'a donc pas l'effet escompté. Pour un coup de théâtre, c'est raté. Je crois même que j'aurai un bleu sur le gros orteil. Ouille!

— Je t'avais demandé de ne pas raconter mes secrets à Sam!

Le sac à dos d'Emma tombe sur le plancher maculé de gadoue.

— Je n'ai jamais fait ça! se défend-elle.

J'avance d'un pas vers elle. Si son sac n'était pas échoué à nos pieds, nous serions nez à nez.

— Ah non? Alors comment a-t-il appris que j'ai reçu comme cadeau d'anniversaire l'ancien iPod de Jacob?

J'ai parlé trop fort, car quelques curieux tournent la tête. Oh non! Marie-Jade est dans les parages. Si elle a entendu, je suis cuite: l'histoire fera le tour de l'école!

Les bras d'Emma tombent le long de son corps. Elle incline la tête en pinçant les lèvres. Elle est tellement belle avec son manteau rose et ses joues de la même couleur. Son expression de fille coupable me fend le cœur.

176

— Je suis vraiment désolée, Iris…

Moi aussi, je suis désolée de lui avoir fait confiance, d'avoir cru en son amitié !

— Peut-être, mais il est trop tard.

Je saisis mon texte de *Cendrillon*. Je profiterai de mon temps libre avant le cours d'anglais pour aller le lire à la bibliothèque. Je n'ai pas le goût d'entendre les excuses d'Emma. Pas tout de suite. Ni de me casser la tête pour trouver qui est Weeze !

— Attends, Iris ! s'écrie Emma. Je n'ai pas voulu te trahir. J'étais certaine que Sam était au courant pour l'iPod !

Avec ma main, je mime un blablabla, puis je m'éloigne. Je passe devant Marie-Jade et tous les autres témoins. Ils croient que je suis en colère, mais je suis surtout triste. Je ne veux pas être obligée de toujours surveiller mes paroles lorsque je serai avec Emma de peur que mes confidences viennent aux oreilles de mon frère. Je veux pouvoir tout raconter à mon amie, comme avant ! Avant que Sam soit dans le décor, lorsqu'on passait des soirées entières à fabriquer des bracelets en élastique. Maintenant, plus rien n'est pareil…

Benoît Giguère s'en vient en sens inverse. Il ne manquait plus que ça ! Comme si tout n'allait pas déjà assez mal… Il ferait mieux de s'écarter de mon chemin sans émettre aucun commentaire, car il le regretterait. *Je grogne et je mords.*

— C'est bien d'étudier ton texte ! me lance-t-il, une fois à ma hauteur.

Je continue d'avancer sans lui accorder la moindre attention. Mais que fait-il? Il me suit! Sait-il qu'il est interdit de porter une casquette à l'intérieur de l'école? Il se fout des règlements ou quoi?

— Justement! Si tu veux que j'étudie mon texte, dégage et laisse-moi aller travailler!

Il ne reste que vingt minutes avant le début des cours. Il me faudra presque tout ce temps pour monter jusqu'au quatrième étage, où la bibliothèque se trouve au fond d'un couloir. Mais rien à faire, Benoît me talonne. Ses jambes sont deux fois plus longues que les miennes, alors il m'est impossible de le semer.

— C'est que… j'avais quelque chose à te demander.

Que pourrait bien me vouloir un gars comme lui? J'ai presque peur d'entendre sa requête.

— Je ne sais pas danser et… euh…

Je m'immobilise au milieu de l'escalier et lui lance un sourire sarcastique.

— Tu veux que je t'apprenne à danser?

Alors là, vraiment, c'est la meilleure! Soudain, je me rappelle que Cendrillon et le prince charmant ont une scène où ils dansent ensemble au bal.

— Allez, s'il te plaît! Il paraît que, grâce au patin, tu es bonne dans ce domaine.

Benoît vient de ME dire «s'il te plaît»? En d'autres mots, il me supplie? J'ai le gros bout du bâton! L'occasion est parfaite pour l'envoyer promener. *Maudit fendant!* À plusieurs reprises, il s'est moqué de moi! En plus, lors de la première répétition, il avait envoyé valser mon texte sur le plancher; ensuite, il ne m'avait même pas aidée à tout ramasser.

— Ma réponse est non! Tu te débrouilleras tout seul!

Fière de ma riposte, je monte deux marches. Puis j'entends Benoît toussoter… Quoi, encore? Une fois de plus, je m'immobilise. Lorsque je me retourne, il est appuyé mollement contre la rampe et me regarde avec les plus beaux yeux du monde.

— N'oublie pas que tu m'en dois une…

Grrr. Je savais qu'un jour ou l'autre il me reviendrait avec ça! Samedi, à la répétition, il avait pris ma défense quand Javotte s'était énervée à cause de mon manque de préparation pour le rôle de Cendrillon. Le geste de Benoît n'était pas gratuit!

*Eh misère!*

# 29
## Dîner tiède

À l'heure du lunch, il y a de la fébrilité dans l'air à la cafétéria ! Tout le monde est survolté. Ça parle fort, et les macaronis volent partout. C'est probablement à cause de la tempête. Il n'y a eu aucune annonce à l'effet que l'école serait fermée cet après-midi ; je devrai donc me taper le cours de mathématiques. Et aussi la répétition de théâtre avec Benoît le fendant qui ne sait pas danser…

Avec mon plateau contenant une assiette de macaronis, un jus, une pomme et une pointe de tarte au sucre, je passe à côté de la table où Emma est assise avec son lunch de luxe fait par sa mère. Son sandwich est garni si généreusement qu'elle a peine à en prendre des bouchées. Elle est déçue que je ne m'assoie pas avec elle comme d'habitude. Pff ! Elle ne sera pas seule longtemps ; mon frère viendra la consoler. Moi, je suis encore fâchée ! Un peu… OK, plus vraiment, mais je veux qu'Emma comprenne que ce n'est pas *cool*, ce qu'elle a fait. Je fonce vers la table de Marie-Jade. Cette dernière me fait un signe de la main, fière que je délaisse ma nouvelle amie pour lui tenir compagnie. Je ne mange plus avec Marie-Jade depuis longtemps ! Depuis son histoire avec Laurent…

Un garçon me coupe le chemin. Mon plateau valse, ma pomme roule sur le plancher dégueulasse de la cafétéria. Pas encore lui ! Benoît Giguère ramasse la pomme et la remet sur le plateau.

181

— Tu ferais mieux de la laver avant de la manger!

Je soupire.

— Qu'est-ce que tu me veux encore? Vite, mon assiette refroidit!

Il hausse un sourcil.

— La bouffe de la cafétéria est toujours tiède, de toute façon! Tu meurs vraiment d'envie de manger ça?

C'est vrai que la nourriture qu'on nous sert ici n'est jamais bien chaude. Les responsables ont sans doute peur de nous brûler! Les macaronis manquent de sauce, mais les croûtons à l'ail grillé sauvent la mise!

— Dépêche-toi! J'ai faim!

Tout en me fixant, il jongle avec une Kit Kat.

— J'étais sérieux tantôt: tu m'en dois une!

Je penche la tête, attends la suite. *C'est tout?*

— Je suis sérieux, insiste Benoît. Je dois apprendre à danser!

— En quoi est-ce mon problème?

Il cesse de jouer avec sa barre de chocolat. Tant mieux, car j'étais sur le point de la lui faire bouffer. *Avec le papier.*

— Ton problème, c'est que c'est avec toi que je danserai dans la scène du bal! déclare-t-il sur un ton arrogant. Le prince, la princesse, ça te dit quelque chose? Allôôô!

— Tu m'as insultée en me disant d'apprendre mon texte afin que je joue à la hauteur de ton talent. Alors la

182

même règle s'applique pour la danse : travaille et arrange-toi pour être à mon niveau ! Maintenant, tu me laisses aller manger, oui ?

Benoît ne bouge pas, alors je le contourne. Il s'attendait à quoi ? Que j'accourrais pour l'aider, là, tout de suite ? Pouah ! C'est à mon tour de le narguer.

Je rejoins Marie-Jade en essayant d'ignorer le « Tu vas le regretter ! » de l'infâme Benoît. *Je ne regretterai rien pantoute.* Il apprendra que, dans la vie, si nous sommes désagréables avec les autres, les autres le seront également avec nous ! *That's it!*

— Qu'est-ce qu'il te voulait, le beau Benoît ? s'informe Marie-Jade en penchant la tête pour mieux le voir.

Benoît est assis sur une table et ses pieds sont posés sur une chaise. Il fait le clown avec sa gang de gars qui le prennent pour Dieu le Père. Benoît est le leader du groupe, c'est évident. À bout de nerfs, je dépose mon plateau sur la table. La pomme roule encore par terre… En plus d'être sale, elle sera également poquée !

— Il voulait me parler de la pièce de théâtre.

Mieux vaut ne pas trop en dire à Marie-Jade, car je me méfie d'elle. Elle est allée voir Sam pour lui demander le nom de Jacob. En plus, elle n'est pas blanche comme neige dans l'histoire des courriels de Weeze. Personne d'autre qu'elle n'a des mèches rouges dans ma classe ; c'est donc elle qui a donné mon adresse électronique à Weeze. Pourquoi m'a-t-elle menti ? D'un autre côté, elle est vraiment gentille avec moi ces temps-ci. Elle a recommencé le patin, alors j'ai un peu l'impression d'avoir retrouvé la vraie Marie-Jade qui était ma meilleure amie depuis toujours. Je ne sais plus quoi penser !

Toutefois, étant donné qu'elle raconte tout sur les réseaux sociaux, je dois me montrer prudente lorsque je lui parle. Merde, j'espère que Benoît n'écrira pas de vacheries à mon sujet sur Facebook! Ce soir, j'irai fouiner sur sa page pour vérifier...

— Tu es chanceuse de jouer avec lui! Wow! Il est trop *top*, vraiment GÉNIAL! Tu me le présenteras?

Je roule les yeux.

— C'est le gars le plus con de l'école. Ne perds pas ton temps avec lui.

D'ailleurs, je crois que je lui ai déclaré la guerre en refusant de lui apprendre à danser. Ai-je l'air d'une prof de danse? Cet après-midi, à la répétition, il me rendra la vie impossible... Mais ça tombe bien, car je suis d'une humeur massacrante.

— Peut-être, mais il est telllllement beau! se pâme Marie-Jade.

Arf! Ce n'est pas tout d'être beau dans la vie! Il faut aussi être gentil... comme Jacob! Benoît a un visage parfait – il ressemble à un acteur de cinéma –, mais il est si désagréable...

— Tu ne dînes pas avec ta nouvelle BFF?

Marie-Jade fait l'innocente en mangeant ses macaronis du bout des lèvres.

— Tu sais pourquoi je ne me suis pas assise avec elle, répliqué-je. Ce matin, tu as assisté à notre dispute.

— Je te l'avais bien dit qu'elle n'était pas si formidable...

Mon regard se fixe sur la quatrième table à ma droite. Emma est seule devant son sac à lunch et son jus de légumes. Elle fait pitié ! Je réalise que j'aimerais mieux être avec elle qu'avec Marie-Jade. Je m'entends tellement bien avec Emma. Cependant, ses amours avec mon frère gâcheront-elles notre belle amitié ? Parce qu'en réalité, c'est ça, le problème… Un garçon se pointe et paf ! c'est le début de la fin. J'avale de travers une bouchée de macaronis.

— Ouais… Tu avais peut-être raison.

— Au fait, tu m'expliques cette histoire d'iPod qui appartenait à Jacob mais qui est maintenant à toi ?

Je savais qu'elle avait tout entendu !

# 30
## Benoît et la danse

Je n'ai pas revu Emma de la journée. Même pas entre les cours lorsque les élèves se rendent aux casiers pour prendre leurs livres! Je crois qu'elle m'a évitée volontairement. Mon amie a compris que j'avais besoin de temps pour digérer notre différend. Ce n'est pas la fin du monde qu'elle ait parlé à Sam de l'iPod de Jacob… Je crois Emma quand elle dit qu'elle n'a pas voulu révéler un secret. Ce n'est pas le problème. Mais que racontera-t-elle à Sam la prochaine fois? Qu'à quatorze ans j'ai encore peur dans le noir et que j'allume ma veilleuse en cachette le soir? Que c'est moi qui ai appelé la police une fois pour me plaindre du bruit qu'il faisait avec sa batterie? C'était pour rire… Si mon frère savait ça! Alors, si je ne peux plus me confier à Emma, à qui ouvrirai-je mon cœur? À Marie-Jade? Je ne suis pas sûre que ce soit une bonne idée…

Pendant que tous les élèves s'habillent comme des ours pour affronter le mauvais temps, je me rends tranquillement au local de théâtre, mon texte sous le bras. J'ai relu plusieurs passages, dont celui où je dois danser avec Benoît. Ce sera vraiment difficile pour moi de faire semblant d'être amoureuse de lui. Eurk! Ce moment très romantique précède le départ catastrophique de Cendrillon. Elle doit partir avant les douze coups de minuit; sinon son carrosse se changera en citrouille. C'est pendant sa fuite qu'elle perd une pantoufle de verre. Le prince, qui trouve le soulier, tente ensuite de la retracer. Cette histoire est mignonne à souhait. *Sauf quand le prince charmant est joué par Benoît Giguère.*

Soupir.

J'aimerais tellement mieux retourner à la maison et terminer la décoration de ma chambre! Mais le fait que j'arriverai plus tard laissera le temps à mon frère de déneiger l'entrée... *Il déteste tellement cette tâche!*

Tout le monde est agité dans le local de théâtre. On dirait des enfants de cinq ans dans une garderie. Les profs ont attribué cet énervement à la tempête.

Tout sourire, Laurie vient me rejoindre.

— Allô, Cendrillon!

— Salut, vieille belle-mère!

Cette fille est la seule qui m'approche dans la troupe. Sa présence me soulage! Je me collerai à elle comme une sangsue. Les autres sont gentils, mais ils se contentent de me saluer de loin en souriant timidement. Je comprends leur réaction, car une troupe de théâtre est un petit monde. C'est un *trip* de gang. Un peu comme une équipe de hockey, j'imagine. Lorsqu'un nouveau joueur se pointe, les autres sont méfiants jusqu'à ce qu'ils échangent une claque dans le dos avec le «petit dernier» et que celui-ci fasse vraiment partie de l'équipe. Avec les membres de la troupe, je suis dans la phase de méfiance. Ils ne me connaissent pas, alors ils m'observent. En plus, j'ai obtenu le rôle principal sans rien demander! Il faut leur laisser le temps de m'accepter. Je me sens comme à ma première journée d'école à la maternelle!

Je ne vois pas Benoît. La plupart des garçons se tiennent au fond de la pièce et rient trop fort. Francis, lui, est adossé contre un mur et lit son texte. Mais parce qu'il a les cheveux blonds, je l'élimine rapidement de l'équation : il ne peut être Weeze. Alors, lequel est-ce ? J'examine attentivement mes compagnons pendant que Laurie me raconte son week-end chez sa grand-mère à la campagne. Aucun garçon ne me prête attention… Aucun ne me lance un regard qui pourrait le trahir. Deux ont les cheveux châtains, tandis que trois autres ont une chevelure très foncée. D'après ce que Weeze m'a dit, ses cheveux sont noirs.

Cette histoire est de plus en plus étrange…

Benoît se pointe dans le local en compagnie de monsieur Denis. Je cligne des yeux à la vue de la chemise orange du prof. Elle est si voyante qu'on pourrait repérer l'homme à cent kilomètres dans la nuit ! Ce vêtement serait parfait pour se déguiser en citrouille à l'Halloween.

Le professeur et Benoît se dirigent droit vers moi. Je ne suis pas certaine que ce soit bon signe…

— C'est gentil, Iris, d'avoir proposé à Benoît de l'aider avec la scène de la danse.

Je fronce les sourcils avant de braquer mon regard sur mon partenaire de jeu. Il ose me retourner son détestable sourire en coin. *Le maudit !* Il a été voir monsieur Denis et a manigancé dans mon dos. Me mettant au pied du mur, il ne me laisse pas le choix ! Je bredouille n'importe quoi. « C'est que… euh… Bon… C'est que… » *Bravo, Iris !* J'ai l'air d'une conne devant Benoît qui jubile. Il a encore gagné !

— La bibliothèque est vide, ajoute l'enseignant. Elle est à vous ! Je vous laisse trente minutes pour commencer à répéter la danse. C'est la plus grosse scène de la pièce, alors on la travaillera dès maintenant! Allez, les enfants, *up*! Je veux que cela ressemble à la chorégraphie du dernier film, celui avec l'actrice Lily James.

Monsieur Denis veut que nous reproduisions la danse du film? Mais c'est de la folie!

— Pas question que je me tape le film! s'écrie Benoît, l'air horrifié.

Moi, je trouve l'idée plutôt bonne. Il faut absolument le visionner si on veut apprendre les mouvements de la danse. OK, je l'ai déjà vu deux fois au cinéma. *Et soixante-trois fois en DVD…* J'adore les histoires de princes et de princesses. Et la robe bleue de Cendrillon est magnifique! Wow! J'espère que mon costume de scène lui ressemblera! Mais me retrouvée enfermée dans la bibliothèque seule avec Benoît? Pour danser? Jamais de la vie! Je préférerais ramper sur le plancher crotté de la cafétéria… Le prof nous entraîne dans le couloir. Je crois même que Benoît me tire par la manche pour m'inciter à sortir du local. *Hé! Ne me touche pas!* Où est Laurie? Pourquoi ne vient-elle pas à mon secours?

Je me retrouve dans l'escalier à côté de Benoît. Les lieux sont déserts; nos pas font de l'écho. Benoît, qui me dépasse de plusieurs marches, glisse sur la rampe et atterrit devant moi.

— Je t'avais dit que tu m'en devais une! Tu m'apprendras à danser, que tu le veuilles ou non! Quand je veux quelque chose, je l'obtiens toujours.

Grrr.

— Eh bien moi, je te le dis: tu te taperas le film *Cendrillon*, que tu le veuilles ou non!

## 31
# Valse et panne électrique

La bibliothèque est grande, mais plusieurs objets l'encombrent. Je roule près du mur le chariot débordant de livres. Benoît pousse quelques tables pour nous faire de l'espace. *Une piste de danse.* Ça ne glissera pas très bien sur le tapis épais et moelleux de la pièce. Mon compagnon est plus fort qu'il en a l'air. Je m'occupe d'empiler les chaises dans un coin. Je n'aurais jamais cru qu'un jour je danserais devant le comptoir de madame Pierrette, la bibliothécaire zélée qui considère l'endroit comme un temple. Si elle savait le sacrilège qu'on s'apprête à commettre dans son oasis de quiétude ! Même moi, je n'y crois pas encore… Mais y a-t-il une radio pour faire jouer de la musique, ici ?

Benoît contourne le comptoir et branche son iPod sur l'ordinateur. Bon… Ensuite, il saute par-dessus le comptoir en un seul bond. Boum ! Il surgit devant moi. La chanson choisie pour la scène est celle du film, évidemment. *La valse de l'amour*, de Patrick Doyle. Je l'adore. J'ai hâte de tourner sur les planches avec ma robe de princesse ! J'espère qu'elle sera longue et bouffante. Et que je porterai de longs gants blancs montant jusqu'aux coudes. Hé ! Wô ! Jouer dans une pièce de théâtre commencerait-il à me plaire ? Non, vraiment pas ! Mais danser, c'est un peu comme patiner.

Je m'approche de Benoît, lui prends les mains. Soudain, il semble un peu moins sûr de lui.

— Je te conseille de ne pas me marcher sur les pieds, le préviens-je.

**OMG!**

Ses doigts sont humides – ce qui, franchement, me dégoûte. Eurk! La chanson joue. Le son est pourri dans les haut-parleurs de l'ordinateur. Mais grâce à la neige qui tombe et colle dans la fenêtre, l'ambiance est magnifique.

— Bon, on fait quoi? s'impatiente déjà mon partenaire.

Je me concentre. C'est la première fois que je me retrouve aussi près de lui. Son énergie est mauvaise, comme si deux aimants se repoussaient. La complicité qui existe dans la pièce entre le prince et la princesse ne sera pas facile à rendre sur la scène.

— Un grand pas à droite, un autre à gauche…

Je tire sur le bras de Benoît, qui m'écrase les orteils. Nous manquons de trébucher tous les deux.

— Il faut suivre le mouvement! m'écrié-je.

— J'essaie! Mais tu as bougé sans m'avertir!

Je ramène mes cheveux derrière mes oreilles. Puis je prends une grande respiration pour me calmer.

— Regarde mes pieds, conseillé-je à Benoît.

Je lui fais une démonstration, dansant seule sur la musique. Je n'ai jamais pris de cours de danse, mais la valse est souvent utilisée en patinage artistique. J'ai appris les pas depuis longtemps – même si, en patins, c'est bien différent. Je n'ai jamais de partenaire. Benoît me regarde danser en grimaçant.

— C'est poche comme danse!

*Toi aussi, tu es poche.*

Je cesse de tourner, place mes mains sur mes hanches. Évidemment, la valse n'est pas aussi *cool* que le hip-hop. J'ai vu Benoît faire quelques mouvements *in* l'autre jour après la répétition. Il est bon ! *Mais il aurait fallu choisir une autre pièce que* Cendrillon, *le grand, pour que tu puisses t'éclater en dansant.* Benoît s'entendrait bien avec mon frère. Pour Sam, les danses à deux et celles en ligne entrent dans la même catégorie : quétaines.

— C'est peut-être poche, mais c'est ce qui nous est demandé.

Benoît grimace.

— On pourrait faire quelque chose de plus dynamique !

Il exécute un jeu de pieds, un roulement d'épaules… Je croise les bras.

— Veux-tu apprendre la valse ? Sinon je retourne en bas.

Benoît reprend son sérieux en bougonnant. Mon élève est déjà découragé. Je suis contente qu'il soit dans cet état ! Je songe à compliquer les pas de danse juste pour le plaisir de le voir se démener.

— OK, on recommence.

Je me rapproche de lui sans grand enthousiasme. Il prend ma main. Il la serre un peu trop fort, ce qui m'agace.

— Il faut tourner à droite, précisé-je.

Pour une fois, le départ est bon. Benoît bouge bien sur la musique ; il a le rythme dans le sang ! C'est tout le reste qui ne fonctionne pas. Nous sommes incapables de synchroniser nos mouvements… Nous ressemblons à deux marionnettes désarticulées. Nos pieds s'emmêlent, mon lacet se coince dans son soulier. Je pique du nez! Par chance, il me tenait encore les mains. Il m'empêche de me retrouver par terre. Maladroitement, je me redresse, me raccroche aux manches de son chandail. Nos fronts se frappent, nos lèvres se touchent… Ce n'était pas un vrai baiser, mais quand même…

— C'est toi qui tires dans tous les sens! s'énerve Benoît en se frottant le front.

Il a la tête dure. Demain, j'aurai une prune!

— Pas le choix! Tu danses comme un singe qui ferait une crise d'épilepsie!

J'ai failli dire comme un cochon puant, mais je me suis retenue. Benoît ne pue pas; au contraire, j'aime son odeur. S'il fallait qu'il empeste la transpiration en plus! Soudain, la musique cesse et les lumières crépitent au-dessus de nos têtes avant de s'éteindre. Perplexes, nous nous taisons. Une panne électrique à l'école, c'est rare. Le temps est vraiment mauvais à l'extérieur.

Quelques instants plus tard, la porte de la bibliothèque s'ouvre en trombe. Julien, un des gars de la troupe, apparaît sur le seuil, tout énervé.

— On est coincés ici pour un bout, les amis! On ne voit rien dehors et tout le quartier est privé d'électricité. Il y a de quoi se faire des sandwichs à la cafétéria. Et vous savez quoi?

J'échange un regard avec Benoît. Nous haussons les épaules.

— Vous êtes les chanceux qui ont été choisis pour nous faire à souper! Il paraît qu'il faut que vous développiez votre complicité pour jouer vos rôles à merveille! Alors,

Iris et Weeze, *go* pour les sandwichs au jambon ! Tout le monde meurt de faim ! En passant… pas de moutarde pour moi.

Soudain, mes oreilles se mettent à bourdonner. Benoît annonce qu'il fera des *grilled cheese*. Julien proteste. Ai-je bien entendu : il a appelé Benoît «Weeze» ? Impossible ! Weeze m'a écrit qu'il me trouve *cool*. Ça ne peut donc pas être Benoît Giguère, car lui ne peut me voir en peinture ! De toute manière, les garçons comme lui ne remarquent pas les filles dans mon genre. Et puis, impossible qu'il s'intéresse à moi alors qu'il se montre aussi chiant. Existerait-il deux Weeze ? *Peu probable.*

J'observe Benoît de plus près. Cheveux noirs, yeux bruns… *Oh my God !*

# 32
## Sandwichs au jambon

Comme un zombie en phase terminale – quoi, ça se peut! –, je suis Benoît et Julien jusqu'à la cafétéria. Je crois que j'ai perdu la voix. Lorsque Benoît – Weeze! – me demande si ça va, seul un petit son aigu sort de ma bouche. Mes joues brûlent et le sang cogne dans mes tempes. Non, ça ne va pas! En fait, je ne comprends pas ce qui se passe… Ça ne tient pas la route, cette histoire. Weeze est gentil dans ses courriels, tandis que Benoît est arrogant, désagréable, insupportable et… et…

Soupir.

Quel cauchemar. En plus, je vais devoir cuisiner le souper avec lui. *Pour développer notre complicité…* Pouah!

Il n'y a pas que les élèves de la troupe de théâtre dans la cafétéria. L'équipe de basketball s'y trouve aussi. Les joueurs avaient un entraînement. Il faut également leur faire des sandwichs? La panne électrique perdure. Pour l'instant, on s'éclaire aux écrans d'iPod et de cellulaires. Le concierge a installé deux lampes à piles. Combien de temps tout ça durera-t-il? Il finira par faire froid dans l'école; on gèlera, on n'aura plus rien à manger… Je lis trop de romans!

Laurie surgit à côté de moi. Son arrivée me sort de ma bulle de panique.

— Et puis, la danse s'est passée comment?

Euh... Je suis confuse. De quelle danse parle-t-elle ? Ah oui ! Il s'agit de la danse du bal dans *Cendrillon*...

— Disons qu'on en est au stade où se marche sur les orteils, murmuré-je.

*Et on s'est presque embrassés...* Benoît n'a passé aucun commentaire à ce sujet. Il est sûrement habitué d'embrasser les filles. Moi, c'était mon premier baiser à vie ! J'ai rêvé de ce moment-là si souvent. J'imaginais justement une scène parfaite – comme dans les films romantiques – qui se passerait avec un super garçon ! Mais non, il a fallu que ça ait lieu avec LUI. S'il s'agissait d'un geste accidentel, est-ce que ça compte ? On dit toujours qu'on se souvient éternellement de notre premier baiser... Euh...

Par réflexe, je cherche Benoît des yeux. On ne voit pas bien dans la pièce sombre. La tempête souffle et le soleil se couche tôt à la fin du mois de novembre. Ah ! Le voilà ! Il est déjà derrière le comptoir qui sépare la cafétéria en deux. D'un côté, la salle avec les tables ; de l'autre, la cuisine. Il passe un tablier à son cou, qu'il attache ensuite à sa taille. Puis il installe un filet sur sa tête pour empêcher ses cheveux de tomber dans les sandwichs.

Je vais le voir. Une lampe installée par le concierge éclaire le plan de travail. Un pain blanc est ouvert. Plusieurs tranches sont alignées devant Benoît.

— On dirait presque que tu sais comment faire des sandwichs ! constaté-je. Je pensais que ce serait trop compliqué pour toi !

Il me fait une grimace. Un doigt d'honneur aussi, je crois, mais je n'en suis pas sûre. Ç'a été plus fort que moi ; la réplique était trop facile. Avec son couteau, Benoît étend du beurre sur chaque tranche de pain.

— Ce n'est pas un hasard si j'ai été choisi pour faire les sandwichs. Ma mère a un restaurant à Montréal. Je l'aide le week-end.

— Oh ! Dans ce cas, il n'y a pas de problème…

Je comprends pourquoi ç'avait l'air naturel pour lui de mettre un tablier et de placer un filet sur sa tête. Ça m'impressionne un peu… Benoît travaille, vraiment ? Je pensais qu'il était du genre à perdre son temps avec des jeux vidéo. Il me tend un tablier. J'espère que je ne serai pas obligée de couvrir ma tête d'un filet, en plus…

Benoît rit. Pour une fois, son rire est sincère. Il ne se moque pas.

— C'est essentiel quand on manipule de la bouffe qu'on servira !

Je veux bien, mais ça gâche un look ! Rien de chic là-dedans ! Benoît ne me laisse pas le choix… J'attache mes cheveux en chignon, place le filet sur ma tête. Voilà, je suis prête pour le rôle de madame Patate. Une chance qu'il y a une panne électrique et que la pièce est sombre.

Benoît me lance un paquet de jambon en tranches.

— Mets trois tranches par sandwich.

— Trois tranches ?

C'est beaucoup ! *Chez nous, c'est une tranche et demie.*

— Oui ! De toute façon, si la panne dure trop longtemps, il ne sera plus bon… Alors aussi bien le manger !

Il a raison. Et c'est meilleur au goût, moins sec. *Merde ! Je viens de donner raison à Benoît Giguère.* Je place le jambon bien égal sur les carrés de pain. Benoît ajoute une tranche de fromage orange sur la viande. Nos coudes se frappent souvent. Chaque fois, nous nous lançons un regard exaspéré.

Je décide de profiter du fait que nous sommes seuls dans la cuisine de la cafétéria pour aborder le sujet qui me tient à cœur. Je toussote avant de déclarer :

— Tu sais, tu aurais pu me le dire en personne que tu me trouves *cool* au lieu de faire tout un mystère.

Benoît hausse un sourcil. Il engouffre une tranche de fromage en une seule bouchée.

— Pff ! Je ne te trouve pas *cool* pantoute. Tu sors ça d'où ?

— Ben… des courriels que tu m'envoies depuis quelques jours.

Une tranche de jambon se balance au bout de mes doigts. Benoît cesse de mastiquer. OK, c'est clair : il n'a aucune idée de quoi je parle.

# 33

## Mauvaise blague

— Est-ce que ça vient ? On a faim !

Nos compagnons s'agitent ; ils veulent leurs sandwichs. Une vraie meute de loups affamés ! Pourtant, je reste figée devant le jambon. C'est confirmé : Benoît n'est pas le Weeze qui m'envoie des courriels. Mais c'est impossible que deux garçons aient le même surnom dans la troupe de théâtre. Weeze, c'est Benoît ; un point, c'est tout !

— Allez ! me dit-il. Mets un peu de mayonnaise dans les sandwichs. Je m'occupe de la moutarde.

Benoît prend les choses en main avec une débrouillardise qui m'épate. Il trouve des assiettes de carton, de petits jus en boîte, des essuie-tout… Les élèves se placent en ligne pour cueillir leur souper. Je donne les aliments aux louveteaux qui tendent le bras pour être nourris. C'est un buffet ; on se sert sans payer ! Deux sandwichs maximum par personne… Seules les jumelles pas fines restent à l'écart ; elles semblent attendre quelque chose… Finalement, elles se résignent à se présenter devant moi. Les deux filles aux visages identiques inclinent la tête, bras croisés. Elles refusent le sandwich que je veux leur remettre.

— Qu'est-ce que je peux faire pour toi, Javotte ? lance Benoît, exaspéré.

Je souris. Enfin, presque ! Je me retiens à la dernière seconde en voyant le regard meurtrier de la rousse. Félicité n'est pas contente que Benoît se moque d'elle. Je ne suis pas la seule qui n'aime pas les jumelles. J'ai remarqué que tout le groupe se tient loin d'elles.

— Nous sommes végétariennes! disent-elles en même temps.

Wow! Quel synchronisme! Il paraît que les jumeaux ont le pouvoir de ressentir ce que l'autre pense ou vit. Je commence à croire que c'est vrai! L'air incrédule, comme si c'était impensable pour lui de ne pas manger de viande, Benoît s'informe:

— Est-ce que je laisse le fromage dans vos sandwichs?

— Ben oui! répondent en chœur les filles.

— Ah! Je croyais que les vrais végétariens ne mangeaient pas de produits laitiers. Mais c'est comme vous voulez!

Qu'est-ce qu'il raconte? Benoît cherche-t-il seulement à semer le doute dans l'esprit des sœurs? Il ouvre les sandwichs, puis en retire les tranches de jambon. Il laisse le fromage… Voilà, ni vu ni connu.

— Merci, Weeze! grogne Javotte.

Weeze… Ça me fait drôle d'entendre quelqu'un appeler Benoît ainsi. J'y ai songé pendant des jours, m'imaginant des centaines de scénarios sur l'identité possible de celui qui m'écrivait.

Comme s'il lisait dans mes pensées, Benoît revient – tout en confectionnant des sandwichs – sur cette histoire de courriels.

— Pourquoi dis-tu que je t'envoie des messages? Je ne connais même pas ton adresse électronique!

Il est drôle avec un filet sur la tête ; ça défait sa coiffure et dégage son front. C'est la première fois que je vois aussi bien ses yeux. Ils paraissent vifs et curieux, presque rieurs.

Je continue de distribuer les sandwichs en réfléchissant à voix haute.

— J'ai reçu plusieurs courriels d'un certain Weeze. Il prétendait s'intéresser à moi, mais être trop timide pour m'aborder en personne. Pff! Ce n'est pas ton cas, c'est évident!

Il tire sur mon chignon.

— Non! Pas du tout, comme tu vois!

— Le gars en question m'a donné des indices pour m'aider à deviner son identité. Il est en troisième secondaire, a les cheveux noirs et les yeux bruns, et il fait partie de la troupe de théâtre de l'école… Donc, tantôt, lorsque Julien t'a appelé Weeze, j'ai fait le lien!

— Tu as raison : il y a trop de coïncidences… Ça signifie que quelqu'un se fait passer pour moi. Je te jure, Iris, que ce n'est pas moi qui t'écris! Comme tu le sais, toi et moi, nous ne nous aimons pas du tout.

J'acquiesce.

— C'est vrai, on se déteste.

Les deux mains dans le sac à pain, Benoît échappe un rire timide. TIMIDE?

— Ha! Ha! Toi, tu me détestes, et moi, je… je… Enfin, il faudrait vérifier l'adresse courriel. Elle est sans doute différente de la mienne.

Wô! Qu'est-ce qu'il s'apprêtait à dire? Je veux le savoir! La bouche ouverte, j'ai sans doute un regard horrifié, car Benoît roule les yeux.

— Ne fais pas cette tête-là!

— Tu te montres si… désagréable avec moi depuis le début! Pourquoi es-tu si «plate», si tu ne me détestes pas?

Son comportement est totalement illogique! On n'est pas bête avec une personne sans raison. Il m'a humiliée devant tout le monde. *Mais il a aussi pris ma défense devant Javotte…* Je plisse les yeux. Ce garçon est difficile à suivre!

— Laisse faire! Tu comprendras quand tu seras grande!

Et vlan! Le Benoît gentil et presque drôle vient de disparaître. Son regard s'assombrit, ses traits se durcissent. Le voilà redevenu arrogant. Le même qui m'a dit d'étudier mon texte afin que mon jeu soit à la hauteur du sien! Je serre les dents et referme le pot de moutarde et celui de mayonnaise. C'est vrai qu'il a du talent, le grand Benoît. Déjà, à la simple lecture de la pièce en groupe, il se démarque des autres élèves. Cela est même un peu intimidant…

— L'adresse est weeze.04@live.ca, si je me rappelle bien…, murmuré-je.

— Le nom Weeze ne figure pas dans mon adresse… Ça signifie que quelqu'un te joue un mauvais tour.

Je fronce les sourcils. Qui aurait intérêt à faire une telle chose? Personne, sauf peut-être… *Une fille de ta classe m'a donné ton adresse… Elle a les cheveux bruns et des mèches rouges…* Hum! Je sais de qui il s'agit. Dommage que je sois coincée ici à cause de la tempête; sinon j'aurais rendu une petite visite à Marie-Jade Pelletier.

Monsieur Denis monte sur une table en tapant dans ses mains. Ouf ! Il ne devrait pas faire de telles acrobaties. Ce n'est pas le moment de se casser une jambe ! Même une ambulance ne pourrait franchir toute cette neige pour venir le chercher. Mais j'y pense : on fait quoi si quelqu'un a un arrêt cardiaque, un AVC, une crise d'appendicite ? Le temps que l'ambulance arrive, une personne pourrait mourir trois fois ! J'espère que Corinne a son Epipen. Elle est allergique aux arachides ! Son allergie est si forte qu'elle peut faire une réaction sévère si quelqu'un lui souffle une haleine de beurre d'arachide au visage.

— Les routes sont fermées, nous annonce le prof. La météo prévoit que la tempête durera une partie de la nuit. Nous ne sortirons pas d'ici, où nous sommes en sécurité, avant que la situation redevienne normale. On vous garde pour la nuit ! Nous allons tenter de prévenir vos familles…

# 34

## Camping à l'école

Je me sens comme dans le film *Une nuit au musée*. Pour nous, ce sera une nuit à l'école. Je me demande si les objets s'animent dans une école, une fois le soir tombé. Ou si de mystérieux personnages montent de la cave par les cages d'escalier... Nous sommes prisonniers de la bâtisse ; il nous est impossible de retourner à la maison. Même si nous avons pu téléphoner chez nous avec des cellulaires, nous nous sentons quand même à l'autre bout du monde – sur une île déserte ! Une île déserte en hiver, mettons. Il n'y a plus d'électricité, les routes sont fermées. Et tout ce qu'on voit par les fenêtres, c'est la neige qui tombe, mélangée avec le vent. Il me vient des images effrayantes : l'école ensevelie sous des tonnes de neige, mes compagnons et moi pris au piège pendant des jours sans nourriture et mourant gelés les uns après les autres...

C'est vrai qu'il commence à faire froid dans l'école ; le chauffage est éteint depuis quelques heures déjà. Monsieur Denis a trouvé des bougies dans la salle des professeurs. Nous les installerons au centre de la scène de l'auditorium. Avec les costumes, on a de quoi se faire des couvertures. Ce sera un peu comme un feu de camp intérieur, sans les guimauves. C'est étrangement silencieux dans les couloirs. Les ombres géantes sur les murs, créées par les lueurs des cellulaires qui nous éclairent, font un peu peur. Même nos murmures génèrent de l'écho ! Les gars apportent des matelas du gymnase ; d'habitude, on les utilise dans le cours de gymnastique. Ce sera parfait : le grand luxe ! Plus confortable que dans une tente de camping !

— J'ai trouvé du *pop-corn* !

Benoît entre dans l'auditorium avec un gros bol rempli de maïs soufflé. Mmm ! Ça sent le beurre.

— Tu l'as fait chauffer comment, ton *pop-corn*, sans électricité ? demande un gars de la troupe.

— Il était déjà tout prêt dans des sacs…

Du *pop-corn* froid ? Eurk ! Personne ne rouspète, car le choix de collations est limité. Monsieur Denis fait son possible pour allumer une dizaine de bougies de façon sécuritaire dans des assiettes d'aluminium. Ça ne fera pas un gros feu de camp… Avec Laurie, je dispose des matelas tout autour. Les autres apportent tout ce qui peut servir de couvertures : des vestes, de vieux rideaux de scène… Il flotte une odeur de poussière et d'humidité, mais ça nous réchauffera. C'est étrange de se trouver en mode survie ! Pour l'instant, c'est encore amusant. Je n'ai jamais dormi à l'école ! Et notre situation n'est pas si dramatique… On a de la nourriture, de l'eau, du feu, des couvertures et des cellulaires qui fonctionnent. Le professeur nous a rassurés : en cas d'urgence, une charrue de la ville viendra nous secourir. *Ouf !* Je n'ose pas imaginer ce que ressentent les gens perdus en forêt… Ce doit être horrible ! Actuellement, je suis bien entourée et j'ai un toit sur la tête, mais je me sens seule au monde malgré tout !

Je m'inquiète un peu pour maman. Pas de nouvelles d'elle. Est-elle restée prise sur la route ? On raconte qu'il y a eu beaucoup d'accidents en ville à cause de la visibilité nulle. Nah ! Elle doit être coincée au travail. Elle fera peut-être du camping sur le plancher du restaurant. Entre une friteuse et une cuisinière… J'aimerais quand même savoir si elle va bien. Au moins, tantôt, j'ai réussi à parler à Sam. Nous avions une minute chacun pour prévenir nos familles de notre situation, pas une seconde de plus ! Les cellulaires passaient de main en main. On espérait que les piles tiendraient le coup. J'avais l'impression d'être dans une de ces émissions de téléréalité où les candidats ont un temps limité pour téléphoner à leurs proches.

Javotte avait pris deux minutes. Benoît lui avait crié après.

— Pas de panique ! J'ai utilisé la minute de ma sœur ! s'était-elle défendue.

*OK, un à zéro pour elle.*

Pour ma part, j'avais fait vite. Mon frère, en sécurité à la maison, était jaloux de ma nuit à l'école.

— C'est trop *cool* ! s'était-il écrié. Attendez-moi, j'arrive !

Pas question qu'il sorte de la maison ! Je m'étais montrée ferme et autoritaire : « Tu restes où tu es ! Tu joueras les héros une autre fois. » De toute façon, le banc de neige à franchir pour sortir de la résidence l'avait dissuadé assez vite. Sam m'avait informée qu'Emma était bien rentrée chez elle. Ce n'est pas parce que je suis fâchée contre elle que je souhaite la voir fauchée par un souffleur à neige. Elle est encore mon amie. J'étais inquiète qu'elle ait dû marcher dans les rues par ce temps de chien pour retourner chez elle après les cours. Mais c'est vrai qu'avec son manteau rose on la voit de loin, même dans une tempête !

Seule ma mère n'a pas donné signe de vie…

On s'assoit en cercle sur les matelas autour de notre «feu». Je me retrouve entre Laurie et… Benoît! Je dois me faire à l'idée que je serai «pognée» avec lui pour un bon bout de temps. Nos épaules se touchent. *Et dire qu'on s'est presque embrassés dans la bibliothèque! Seigneur!*

Le bol de maïs soufflé fait le tour de notre cercle serré. Il est extra beurre, je pense, car j'ai les doigts gras. Toutefois, du *pop-corn* froid, ce n'est pas super. *Ce n'est pas mangeable.* Disons que ça perd de son charme! Il est même un peu mou sous la dent. Mais en temps de crise, on se contente de peu! Nous nous empiffrons comme si nous n'avions pas mangé depuis trois jours.

En bon chef de troupe, monsieur Denis prend sa grosse voix grave. Aussitôt, il capte notre attention. On n'entend plus que les cric-crac de ceux qui ont du maïs soufflé plein la bouche et Francis qui renifle toutes les trente secondes…

— Installez-vous, les enfants, commence le prof. Je vais vous raconter une légende…

Une vague de «oh!» s'élève du groupe. On se trémousse sur les matelas, on replace les couvertures sur nos épaules. On sait que ce sera intéressant! Monsieur Denis est un musée historique sur deux pattes! Il connaît tout, et surtout c'est un merveilleux conteur.

C'était enlevant jusqu'à ce que, dans l'histoire, des esprits passent sous les portes pour attaquer les enfants pendant leur sommeil. Vingt paires d'yeux ronds fixent le prof. Je me rends compte que je suis accrochée au bras de Benoît. Accrochée comme dans «Au secours! Protège-moi, j'ai peur!» *Pathétique.* Il ne me repousse pas. Gênée, je desserre mes doigts autour de son biceps. *Franchement!*

Puis, à la fin de l'histoire de monsieur Denis, comme par magie, les lumières de l'auditorium s'allument. Il y a de l'action : sursauts, cris d'horreur, bol de *pop-corn* renversé… Yé ! L'électricité est revenue ! Mais peut-être pas pour longtemps… Les ampoules clignotent plusieurs fois. Suspense. On regarde tous le plafond comme des idiots.

Quelqu'un lance :

— On devrait en profiter pour aller à la bibliothèque. Peut-être que le wi-fi fonctionne !

Il n'en faut pas plus pour que le groupe s'anime. Les couvertures prennent le bord, tout le monde se précipite comme s'il s'agissait d'une question de vie ou de mort. Les élèves sautent par-dessus les chandelles à moitié consumées. Vite, le wi-fi ! Je suis aussi pressée que les autres. J'espère pouvoir me brancher au réseau, car je veux avoir des nouvelles de maman !

Dans l'école, le meilleur endroit pour se connecter à Internet, c'est à la bibliothèque. Près des grandes fenêtres, c'est encore mieux. C'est beau de nous voir nous coller contre la vitre gelée et enneigée. Mais il y a trop de gens qui essaient de se brancher en même temps ; c'est évident que tout plantera. On bougonne après nos appareils, après la tempête, après le réseau pourri de l'école, après la terre entière…

— Suis-moi ! me souffle Benoît à l'oreille.

— Hein ?

Il me fait signe de baisser le ton.

— Chut ! Allez, viens avec moi ! Je connais un endroit où Internet fonctionne à tous les coups !

Benoît tire sur la manche de mon chandail. Je lui emboîte le pas. Nous longeons les étagères pleines de livres, puis nous nous faufilons dans le couloir comme des voleurs. Je le suis en courant.

— Où m'emmènes-tu ?

— Au cinquième étage !

Nous montons à l'étage suivant. Une seule chose me trotte dans la tête : si l'électricité manque encore, nous serons loin des autres ! Benoît s'immobilise dans l'aire de repos des étudiants qui suivent les cours aux adultes. Trois canapés sont placés en forme de L ; des plantes vertes et des tables en verre complètent le décor.

Benoît m'indique un endroit précis.

— Si tu t'assois là, tu vas capter le wi-fi de l'hôtel de ville, juste en face. C'est un réseau public.

Il veut que je prenne place entre une poubelle et une plante artificielle que personne n'a touchée depuis vingt ans. Il y a un centimètre de poussière dessus ! Benoît fait un signe de la tête pour me signifier de me dépêcher. *Oui, oui…* Je passe devant lui d'un pas hésitant, m'adosse contre le mur, puis me laisse glisser le long de la poubelle. J'ouvre mon iPod. En quelques clics, je suis branchée à Internet ! Wow !

Je lève le pouce à l'adresse de Benoît.

— Merci !

Benoît hausse les épaules avant de s'installer sur un des vieux sofas bruns. Il pose ses jambes sur la table basse devant lui. Son regard se perd dans la neige qui tombe encore.

J'ai reçu plusieurs messages. Mais ma priorité est d'envoyer un texto à Sam.

Iris

As-tu eu des nouvelles de maman ?

Sam

Non ! La ligne téléphonique du restaurant est coupée ; impossible de la joindre... Et toi, es-tu correcte ?

Iris

Oui, ça va !

Le réseau de la ville est plus efficace que celui de l'école. J'ouvre Facebook en un temps record. C'est presque de la haute vitesse, ça !

Oh ! Emma est en crise !

Emma

Iris, tu es prise à l'école ?

Emma

Avez-vous de l'électricité ? Du chauffage ? De la bouffe ?

Emma

Iris, es-tu encore en viiie ? ? ?

213

Emma

Je m'excuse, Iris, d'avoir parlé à Sam de l'iPod de Jacob! Je te jure que je ne l'ai pas fait exprès! Ça n'arrivera plus. D'ailleurs, lui et moi, on s'est engueulés à ce sujet!

Je roule les yeux. Mon amie a le sens du drame très développé. C'est elle qui devrait faire du théâtre.

Iris

Je suis en vie! Tout va bien! Ne te dispute pas avec Sam pour ça... On s'en reparlera. xxx

Emma

Ouf! Contente d'avoir de tes nouvelles!

Iris

J'ai trouvé un endroit secret à l'école pour accéder au wi-fi!

Emma

Ah oui?

Iris

Je te montrerai ça! Et je sais qui est Weeze! C'est une longue histoire...

Emma

> Oh! J'ai hâte de te parler! On se fait une soirée de bracelets demain!

Iris

> SANS MON FRÈRE.

Emma

> Sans ton frère. De toute façon, il ne veut plus me voir. ☹

Iris

> Hein?!

Emma

> Il dit que c'est trop compliqué de sortir avec une amie de sa sœur!

Iris

> Je m'en occupe...

Encore assis sur le sofa, Benoît se tourne les pouces en émettant des soupirs d'exaspération. En fait, je le trouve vraiment gentil de m'attendre... Il aurait pu me planter là et retourner avec les autres. Finalement, je suis très contente qu'il ne se soit pas sauvé! Si une autre panne électrique survenait, je mourrais de trouille, toute seule au cinquième étage avec les fantômes.

— Ce ne sera pas long! certifié-je à mon compagnon.

Les doigts croisés derrière la nuque, Benoît hausse les épaules. Je me dépêche d'envoyer un message à Sam.

Iris

> Hé! Ne fais pas de peine à mon amie! Arrange ça avec Emma!

Sam

> Zzzzzzzz.

Pff! Jusqu'ici, Sam a eu seulement une blonde. Du moins, de ce que j'en sais… Il avait eu beaucoup de peine lorsqu'elle l'avait laissé par texto. Un simple message envoyé vite fait pour se débarrasser de lui. Il est fort, mon frère, mais cette fois-là il avait pleuré. Il a peut-être peur de souffrir encore une fois et qu'Emma lui fasse le même coup que son ex! Je lui parlerai… Même si ça ne fait pas mon affaire que Sam soit en couple avec ma meilleure amie, je sais qu'il l'aime pour de vrai. Il choisit de beaux vêtements le matin avant de la voir, il sourit plus souvent, il est joyeux…

Il vaut mieux que je lâche Internet avant que Benoît s'impatiente! Ou plutôt avant que monsieur Denis, inquiet, se lance à notre recherche. Pire encore, les autres pourraient partir la machine à rumeurs. *Que faisaient Iris et Benoît seuls au cinquième étage?* Je suis sur le point de quitter Facebook lorsqu'un message apparaît. Jacob!

Jacob

> Comment ça se passe? Veux-tu que je passe te prendre?

Je hausse un sourcil. Il viendrait me chercher? Et il pense faire ça comment? En motoneige? En raquettes?

Iris

Ça va bien. On fait du camping sur la scène de l'auditorium! C'est presque le fun.

Jacob

OK! ☺ Je suis allé faire les retouches de peinture dans ta chambre...

Iris

Tu es sorti dans la tempête?

Jacob

Bah! Tu habites dans ma rue. C'était une affaire de rien.

Iris

Merci. ☺ Je verrai ça demain!

Jacob

D'accord. Bonne nuit à l'école!

Iris

Bonne nuit! xx

J'attends un peu. C'est ridicule, mais j'espère des « x » en retour. Il n'y en aura pas. Jacob est probablement déjà déconnecté.

— On devrait retourner à l'auditorium, Iris, dit Benoît.

— Oui! J'envoie un dernier message et j'arrive.

Un beau courriel à Marie-Jade Pelletier. Mon ex-BFF!

**De :** Iris Lépine
**À :** Marie-Jade Pelletier
**Objet : Weeze**

Salut,

Oui, je suis en vie. Mieux, je suis en compagnie de Weeze. Le mystère est résolu! Mais tu sais quoi? Weeze jure qu'il ne m'a envoyé aucun courriel et que son adresse n'est pas weeze.04@live.ca! Pourtant, c'est une fille aux mèches rouges de ma classe qui lui aurait donné mon adresse… Hum!

Pas pire, ta blague!

Iris

**De :** Marie-Jade Pelletier
**À :** Iris Lépine
**Objet : Re : Weeze**

Ha! Ha! C'était pour rire… Mais il y a une part de vérité là-dedans. Benoît Giguère est déjà venu me voir pour me demander ton nom. Il te trouvait cool. J'espérais que mon petit jeu l'aiderait un peu à se déniaiser!

Attention, Jacob sera jaloux !

Bonne nuit à l'école !

M.-J.

Abasourdie, je lève les yeux sur Benoît. Les lumières s'éteignent. *Merde ! Une autre panne électrique...*

# 35

## Crème fouettée et vitre cassée

Je me réveille avec une drôle de sensation, comme si quelque chose glissait sur mon visage. Les paupières closes, j'ai l'impression d'être dans mon lit, à la maison, et que de l'eau dégoûte du plafond et abîme ma belle peinture fraîche… Puis je reçois un coup de genou sur la hanche. Soudain, je me rappelle que je suis allongée sur un matelas de gym et prise en sandwich entre deux élèves.

Je n'ai dormi que d'un œil, de peur que les fantômes du conte de monsieur Denis viennent hanter les lieux. OK, ce n'est pas la seule raison. Je dors toujours mal ailleurs. En vacances, j'ai besoin de deux ou trois nuits avant de m'habituer à un nouvel endroit. Et il y a aussi le fait que Benoît me trotte dans la tête. Il s'est couché près de moi. Je me trouve entre Laurie et lui. Je n'en reviens pas qu'il soit allé voir Marie-Jade pour en savoir plus sur moi… Cela ne faisait aucun sens et je n'y croyais pas une seconde jusqu'à cette nuit. Supposant que je dormais, il a remonté la couverture sur mes épaules. Un geste surprenant de sa part, mais qui était tombé à point puisque j'étais gelée.

C'est bien beau, tout ça, mais il y a vraiment un truc qui dégouline de mon nez vers ma joue, puis sur le coussin me servant d'oreiller. Je passe une main sur mon visage pour me gratter. Ark! Qu'est-ce que c'est? À mes côtés, Laurie pousse un cri de panique.

— Qui a fait ça?!

J'ouvre les yeux. Du moins j'essaie, car il se passe quelque chose d'étrange avec mes yeux : ça brûle. Laurie me tend un mouchoir… Je le passe sur mon visage. Je reconnais aussitôt la substance à son odeur sucrée : c'est de la crème fouettée. Ma gâterie préférée ! Ma mère en garde toujours une bonbonne en aérosol au réfrigérateur. J'aime manger de la crème fouettée avec du gâteau. C'est trop bon !

Je lèche mes doigts, puis regarde autour de moi. Toutes les filles ont un nuage blanc sur le nez qui se répand sur leurs joues et leur menton. Javotte et Anastasie ont reçu une plus grande quantité de crème… Hon ! Elles ne sont pas contentes ! On nous a attaquées pendant la nuit ! Les garçons sont morts de rire… J'aperçois la bonbonne dans la main de Benoît. Hum ! Je lui réserve ma vengeance. J'ai déjà une idée ! Ce sera très drôle…

Cette fois, l'électricité semble revenue pour de bon. On pourra se débarbouiller dans les vestiaires du gymnase.

— C'est congé aujourd'hui, les enfants ! nous annonce monsieur Denis. L'école est fermée !

Super ! La tempête est terminée, mais il faut tout nettoyer maintenant. Ouf ! Je suis contente : à la maison, je pourrai prendre une douche et dormir quelques heures dans mon lit !

J'attrape Benoît au vol dans le hall alors qu'il s'apprête à partir.

— Je t'attends ce soir pour regarder le film *Cendrillon*. Tu m'en dois une après le coup de la crème fouettée !

Benoît lève les yeux au plafond.

— Je ne peux pas croire…

Ça risque d'être très amusant !

— À dix-neuf heures ? proposé-je.

L'air sérieux, Benoît hoche la tête.

— Ne bouge pas, d'accord ? souffle-t-il. Je veux essayer quelque chose.

Les parents vont et viennent autour de nous. Ils sont venus récupérer leur progéniture. Benoît ne se préoccupe pas d'eux. Il s'avance vers moi. J'ai le réflexe de reculer, mais il saisit ma main.

— Non, ne te sauve pas !

Il se penche, dépose un baiser sur mes lèvres. Un vrai de vrai, cette fois. Il n'y a aucun doute ! Benoît s'est exécuté trop rapidement pour que je puisse réagir. En fait, je suis figée sur place. Pas à cause de Benoît, mais parce que Jacob est planté sur le seuil de la porte. Mes genoux flanchent, mon cœur rate un battement. Qu'est-ce que Jacob fait ici ? *Merde, Iris, c'est évident ! Il est venu te chercher !* Des larmes brouillent mon regard. Jacob a tout vu. Je le sais à l'expression sur son visage.

Je repousse Benoît. Il mériterait de se taper le film *Cendrillon* cinq fois de suite pour m'avoir fait ce coup-là ! Je cours vers Jacob. J'espère le rattraper avant qu'il détale et ne veuille plus jamais me parler. Je dois lui expliquer la situation ! Mais il ne bouge pas ; on dirait même qu'il m'attend. Alors que je sprinte comme une gazelle qui aurait vu un tigre, Jacob enfouit ses mains dans ses poches. Il est trop calme ! Mon look de fille qui a dormi sur un matelas de gym et mes cheveux tout collants à cause de la crème fouettée ajoutent sans doute à son étonnement.

# OMG!

J'ai presque rejoint Jacob lorsque quelque chose glisse de ma main.

Mon iPod!

Trop tard! L'appareil tombe sur la céramique du hall d'entrée. Impossible de freiner mon élan. Je vois la scène au ralenti, comme dans les films… Mon pied atterrit sur la vitre. Oh! Je pense que mourir ne me ferait pas aussi mal que la vue de mon iPod avec son écran en mille miettes! Non, la vitre s'est plutôt fracturée en forme d'étoile. Une grande étoile qui part d'un coin et se rend jusqu'à un autre. C'est presque beau – un chef-d'œuvre –, au point que j'ai le goût de pleurer.

Je me penche pour ramasser l'appareil, mais Jacob est plus rapide que moi. C'est là que je comprends qu'il y a plus grave encore qu'une vitre abîmée. Jacob regarde l'iPod. *Son iPod.* Il le tourne plusieurs fois entre ses mains, puis pose sur moi un regard que je n'aurais jamais voulu voir. Il n'est pas fâché. Il a mal.

J'ouvre la bouche pour tout lui expliquer, mais je ne trouve pas les mots. Jacob a tout saisi. Que pourrais-je dire? *C'est moi qui ai ton iPod et qui t'écris avec un surnom poche…* Arf. Je veux disparaître dans un banc de neige, m'envoler avec le vent.

— Cendrillon…, murmure-t-il avant de déposer l'iPod dans ma main et de franchir la porte.

Une bourrasque de vent fouette mon visage. Je le regarde s'éloigner. *Reviens, Jacob, je t'en prie…*

# Épilogue

La mère de Benoît est gentille. Elle me reconduit chez moi dans sa Toyota. Une chance, sinon j'aurais eu de la neige jusqu'aux genoux. On parle d'une bordée record pour une fin de novembre. Nous sortions encore en souliers la semaine dernière, et là, un vrai décor de Noël s'est installé. La radio joue *Vive le vent*.

Assise sur la banquette arrière avec Benoît, je lui donne une claque sur le bras.

— Pourquoi as-tu fait ça ? marmonné-je sans le regarder.

Au creux de ma poche gît mon iPod cassé. Cette journée est une vraie catastrophe. D'abord, Benoît m'a embrassée. Jacob n'a rien manqué de la scène ! Ensuite, j'ai marché sur mon iPod. Jacob, qui a reconnu l'appareil, a tout compris. Je laisse tomber ma tête contre l'appuie-tête. Comparativement à ces événements, la blague de la crème fouettée semble une vraie partie de plaisir !

— Il paraît qu'il faut développer notre complicité pour bien rendre nos rôles !

Je le foudroie du regard.

— Pas de cette manière !

— Non. Mais j'en avais envie, c'est tout ! répond Benoît, trop bête pour que j'aie le goût de poursuivre la conversation.

Je secoue la tête. Quel cauchemar !

— C'est là que j'habite, indiqué-je en montrant ma maison à la mère de Benoît.

La chaussée est glissante. La voiture zigzague avant de s'arrêter près du banc de neige. Je saisis mon sac d'école, le cœur dans la gorge.

— Je serai chez toi à dix-neuf heures pour regarder *Cendrillon*, m'annonce Benoît avant que je referme la portière.

*Ouais! Bien hâte de voir ça!*

Les bottes de ma mère sont sur le tapis de l'entrée. Elle est donc saine et sauve. Comment lui apprendrai-je que la vitre de mon iPod est cassée? Je perdrai mon jouet électronique pour longtemps. Maman ne dépensera pas un sou pour le faire réparer. Mon cadeau d'anniversaire est déjà bon pour la poubelle! J'aurais dû laisser Julie me confisquer l'appareil lorsque je lui ai annoncé que je ne participerais pas à la compétition de patin à cause de mon genou. Le résultat aurait été le même: plus d'iPod. Au moins, je n'aurais pas été obligée de tenir le rôle principal dans une pièce de théâtre.

Je monte à ma chambre avec la seule idée de retirer mes vêtements sales et de me plonger dans un bain chaud – très chaud! –, avec de la mousse jusqu'au menton. Bon, notre baignoire est plutôt petite et, pour avoir de l'eau jusqu'au cou, je dois plier les genoux, mais après ma nuit à l'école et mon matin de merde, je suis prête à tout!

Je viens de poser le pied sur la dernière marche lorsque mon frère apparaît dans le couloir. Il est tout énervé.

— Bien dormi, sœurette?

— Hum! Hum!

C'est plutôt le réveil qui a été brutal. J'ai encore le visage croûté de crème fouettée. J'essaie de me rendre à ma chambre, mais Sam me bloque le passage.

— Ta chambre est super belle ! Jacob a tout terminé hier.

Jacob a tout fini ? Pourtant, il m'avait dit qu'il avait seulement fait les retouches de peinture… Lorsque je tourne la poignée et pousse lentement la porte, j'affiche sûrement la même expression que les participants de *Décore ta vie* quand ils découvrent la pièce de leur maison ayant été rénovée par l'équipe de l'émission. *Oh my God!* Les larmes brouillent mon regard – ce qui est dommage, car je veux voir chaque détail de la nouvelle décoration. Le résultat est magnifique. Le lit est fait, les coussins ont été placés dans un angle parfait, les rideaux sont installés et descendent jusqu'au sol pour donner l'illusion que la fenêtre est immense. Le miroir et mes affiches sont fixés au mur, ainsi que mes médailles et un nouveau cadre qui s'agence parfaitement avec le reste. La pièce est méconnaissable. Il y a même un tapis à côté de mon lit, comme ce qu'on voit dans les magazines. J'ai fini de me geler les orteils sur le plancher froid le matin !

Une note manuscrite a été laissée au centre du lit.

> Bienvenue dans ta nouvelle chambre ! J'espère qu'elle te plaît ! Ma sœur serait contente de voir ça.
>
> Jacob xx

Le message collé contre mon cœur, je me laisse tomber sur le couvre-lit à pois multicolores. Jacob m'a fait une merveilleuse surprise, mais maintenant tout est gâché. Je revois son regard indéchiffrable après que Benoît m'a embrassée. Et aussi son expression en reconnaissant son iPod. *Il ne voudra plus rien savoir de moi!* Les joues inondées de larmes, je serre un coussin jaune de forme cylindrique entre mes bras.

Sam s'assoit doucement sur mon lit.

— Tu n'aimes pas la décoration?

Je renifle.

— Ce n'est pas ça. Ma chambre est parfaite.

Mon frère essuie mes joues.

— Qu'est-ce qui se passe?

Je renifle encore.

— C'est Jacob…

Sam me regarde avec compassion, comme s'il savait tout de la vie. Soudain, il paraît beaucoup plus vieux!

— Ma pauvre petite sœur, tu es en train de te rendre compte que l'amour, c'est compliqué.

S'il ne s'agissait que de ça… Je fixe le plafond. Mon luminaire en forme d'étoile a disparu. Il a été remplacé par une boule blanche. Je me donne la mission de tout arranger avec Jacob. Je lui expliquerai la situation. Il comprendra! Oui, je vais faire ça, mais plus tard. Pour l'instant, j'ai vraiment besoin d'un bain.

J'en ai marre de sentir la crème fouettée.

## Voici un aperçu du prochain tome :

**De :** Iris Lépine
**À :** Jacob Cloutier
**Objet : Mes excuses**

Jacob,

J'ai reçu ton iPod en cadeau d'anniversaire. Je savais seulement que ma mère l'avait acheté d'un client au restaurant où elle travaille. Je me suis vite rendu compte qu'il n'avait pas été réinitialisé. J'ai voulu savoir à qui il appartenait… Par hasard, j'ai découvert que tu en étais l'ancien propriétaire, à cause de ton surnom Sandman. C'est d'ailleurs la raison de mon départ précipité de la fête chez Jo : quelqu'un venait de t'appeler ainsi. Ç'avait été tout un choc…

Je n'ai pas eu le courage de te dire la vérité. C'est peut-être lâche de ma part. Je voulais quand même te redonner tes photos, tes vidéos… Voilà pourquoi je t'ai envoyé des messages sous le pseudonyme de Cendrillon. Ça n'aurait pas dû aller si loin. Je m'en veux.

J'aime beaucoup passer du temps avec toi. Merci pour la décoration de ma chambre. Je l'adore !

Réponds-moi vite !

Iris

P.-S. – Benoît m'a prise par surprise avec son baiser.
Je ne voulais pas qu'il m'embrasse !

J'envoie le message, puis referme le couvercle de l'ordinateur d'un coup sec. J'ai eu les mains moites toute la journée en pensant au courriel que je ferais parvenir à Jacob. Il m'a fallu faire plusieurs brouillons… Je ne sais même plus si c'est une bonne idée de lui avoir écrit. Je croyais que je me sentirais mieux après l'envoi du courriel, mais c'est encore pire ! À partir de maintenant, je vivrai dans l'attente d'une réponse de sa part.

— Iris ! crie mon frère du salon. Benoît est arrivé !

Oh ! Il est déjà dix-neuf heures ! Je suis surprise que mon partenaire de théâtre soit venu. Je regarderai *Cendrillon* avec Benoît Giguère. Toute une soirée en perspective…

Déjà parus dans la série *OMG!* :

Tome 3 à paraître au printemps 2016.

# Deviens membre du
# Club des Girls !

Visite le site Internet de l'auteure
pour t'inscrire et avoir accès à de
l'information privilégiée sur ses séries :

catherinebourgault.com/jeunesse

Nom d'utilisateur : girls
Mot de passe : club4ever

Retrouve ta *gang* préférée :

# Remerciements

Un coucou à mes trois garçons : Sacha, Fabrice et Évance, qui abusent vraiment beaucoup de l'expression « Oh my God! ».

Un merci spécial à Sara Hébert et Mara Lacelle, des filles super branchées !

Merci à Marie Potvin, Pierrette Bernier et Josée Bellavance pour votre fidèle collaboration. Je vous adore !

Merci à Daniel Bertrand, qui croit en cette série autant que moi ! À Robin Kowalczyk, pour sa complicité, et à Marie-Michèle Martin, qui fait toujours son possible pour m'accommoder. Je travaille avec une super équipe !

Un immense merci à Jérôme Bélanger, le technicien qui a sauvé le manuscrit de ce roman coincé dans mon ordinateur bousillé. Sans lui, je n'aurais pas pu le remettre à temps !

Merci à toi, lectrice ou lecteur, de ton enthousiasme ! Si la série a autant de succès, c'est grâce à toi, et je t'envoie tout plein de bisous. Passe me dire bonjour au prochain salon du livre !